La plume et le râteau

À tous ceux qui m'ont encouragé
durant toutes ces années.

Rendez-vous page 103 cher lecteur.

ACTES SUD
HUBERT NYSSEN EDITEUR

Arles, le 29/08/95

Réf. : M01912
Titre : *Le Calendrier de la Porte*

Monsieur,

Par ces mots, nous accusons réception du manuscrit que nous vous remercions de nous avoir confié.

Nous sommes désolés de ne pouvoir répondre par une lettre personnelle à tous les envois, car nous recevons plus de deux cents manuscrits par mois.

Si, dans un délai de soixante jours, vous n'aviez reçu aucun courrier de notre part, cela signifierait que nous n'avons pu retenir votre ouvrage pour publication. Celui-ci serait alors tenu à votre disposition pendant quatre mois et vous serait retourné sur demande accompagnée de vingt et un francs en timbres pour frais d'expédition.

Nous vous prions de croire à l'assurance de nos sentiments attentifs et cordiaux.

Le service des manuscrits

P.-S. : Merci de rappeler votre numéro d'enregistrement dans toute correspondance.

LE MÉJAN, PLACE NINA-BERBEROVA / F 13200 ARLES
TÉL. 90 49 86 91 / TÉLÉCOPIEUR 90 96 95 25
RELATIONS PRESSE : 18, RUE DE SAVOIE 75006 PARIS / TÉL. 1 43 54 70 61 / TÉLÉCOPIEUR 1 40 51 79 77
SOCIÉTÉ ANONYME AU CAPITAL DE 5 740 000 F / RCS ARLES B 340 883 974

LES ÉDITIONS DE MINUIT

SOCIÉTÉ ANONYME AU CAPITAL DE 1 670 000 F – R.C.S. PARIS B 552.064.883
REP. PRODUCTEUR N° 11502 SÉRIE C-A – N° SIRET 552 064 883-000 10
7, RUE BERNARD-PALISSY 75006 PARIS – FAX 45 44 82 36 – TÉL. 44 39 39 20

Pour joindre directement votre correspondant composez le 44 39 39 suivi des deux chiffres qui figurent à la suite de chaque service : Direction · Droits étrangers · Manuscrits, 22 – Commercial, 25 Comptabilité, 21 – Fabrication, 24 – Revues · Service de presse, 27.

CV.

Références à rappeler :

1560 - 26.9

Paris, le 26 septembre 1995

Monsieur,

Nous vous remercions de nous avoir soumis votre manuscrit. Celui-ci ne peut entrer dans le cadre de nos publications actuelles. Nous le regrettons sincèrement et vous invitons à le récupérer dans les meilleurs délais.

En effet, nous vous rappelons que l'éditeur n'est pas responsable des manuscrits qui lui ont été adressés spontanément. Le vôtre sera à votre disposition à notre secrétariat durant quinze jours à dater de l'envoi de cette lettre; il sera remis à toute personne munie de celle-ci. (Nos horaires de réception sont : 9 h à 12 h, et 14 h à 17 h, du lundi au vendredi).

Si vous souhaitez une réexpédition par voie postale, nous vous prions de nous faire parvenir, la somme de 30 F * dans ce même délai de quinze jours (augmentée, le cas échéant, de 10 F pour un envoi recommandé).

Dans cette attente, nous vous prions de croire, Monsieur, à l'assurance de nos sentiments les meilleurs.

Le service des manuscrits.

* par chèque ou
timbres-poste à 2,80 F

Editions Gallimard

nrf

Paris, le 4 octobre 1995

Monsieur,

J. B. Pontalis nous a transmis votre manuscrit "LE CALENDRIER DE LA PORTE". Nos lecteurs en ont pris connaissance avec attention.

L'avis qu'ils ont rendu n'est malheureusement pas favorable et il ne nous sera donc pas possible de retenir cet ouvrage pour nos prochains programmes.

Selon l'usage, nous gardons le manuscrit à votre disposition pendant un mois. Passé ce délai, nous ne serons plus en mesure de le conserver.

Nous vous exprimons notre regret et vous prions de croire, Monsieur, à l'assurance de nos sentiments les meilleurs.

Le Secrétariat Littéraire

SIÈGE SOCIAL 5 RUE SÉBASTIEN-BOTTIN 75328 PARIS CEDEX 07   TÉLÉPHONE 49 54 42 00   TÉLÉCOPIE 45 44 94 03
TÉLEX GALLIM 204121 F   TÉLÉGRAMME ENERFENE PARIS 044   RCS PARIS B 572206753   SOCIÉTÉ ANONYME AU CAPITAL DE 11 914 500 F

le cherche midi éditeur

Cher Monsieur,

Nous avons bien reçu votre manuscrit et nous vous sommes reconnaissants de nous avoir permis de le consulter.

Cependant, notre production étant actuellement surchargée, nous devons faire porter nos choix sur des livres correspondant très précisément à nos collections actuelles. Votre manuscrit n'entre pas dans le cadre du programme éditorial que nous nous sommes fixé, nous regrettons donc de ne pouvoir en envisager l'édition.

L'affluence, chaque jour grandissante, des manuscrits ne nous permet plus de retourner ceux-ci à leurs auteurs. Si vous souhaitez qu'il vous soit renvoyé, nous vous demandons de nous adresser la somme de 21 F en timbres-postes. (Sans réponse de votre part dans un délai de deux mois, il sera détruit.)

En vous remerciant pour votre compréhension, nous vous prions d'agréer, cher Monsieur, nos salutations distinguées.

23, rue du cherche midi 75006 Paris
S.A. au capital de 1 000 000 F - R.C. Paris 78 B 9998 - Siret 311 945 604 000 40 : 221 A - N° T.V.A. : 50 311 945 604
Nous déclinons toute responsabilité pour la perte des livres ou des manuscrits qui nous sont confiés.

Téléphone : (1) 42 22 71 20
Télécopie : (1) 45 44 08 38

calmann-lévy

Monsieur,

Merci de nous avoir adressé votre roman ; il ne correspond malheureusement pas au genre de livre que nous souhaitons publier.

Bien à vous.

3, rue Auber 75009 Paris
Tél. : 01 47 42 38 33
Fax : 01 47 42 77 81

éditions Jacqueline Chambon

3, place d'Assas
30900 NÎMES
tel: 66 67 63 96
fax: 66 67 39 74

Presse:
Catherine Lawless
tel+fax: (1) 42 60 57 30
15 quai Malaquais
75006 Paris

Nîmes le 30 octobre 1995

Cher Monsieur,

J'ai le regret de vous apprendre que votre manuscrit *Le calendrier de la porte* a fait l'objet d'une lecture mais n'a pas été retenu. Ce que vous écrivez ne manque pas certes de qualités mais n'a pas réussi cependant à emporter notre conviction. Or l'expérience nous a prouvé que, sans une adhésion inconditionnelle à un texte, il nous était impossible de le défendre avec efficacité. Ce qui nous amène malheureusement à restreindre nos choix de façon drastique.

En regrettant encore une fois de ne pouvoir répondre à votre attente, je vous prie d'accepter, cher Monsieur, mes cordiales salutations.

Si vous désirez que votre manuscrit vous soit retourné, veuillez avoir l'amabilité de nous faire parvenir 21 F en timbres.

SARL au capital de 350 000 F RC Nimes 87 B 299

CRITERION

Paris, le 31 octobre 1995

Cher Monsieur,

Nous avons bien reçu votre manuscrit, *Le calendrier de la porte*, qui a été soumis à notre Comité de lecture. Cet ouvrage ne correspond malheureusement pas à la ligne éditoriale de notre maison et nous regrettons de ne pouvoir en envisager sa publication.

Nous pouvons vous le retourner par courrier, à réception d'un chèque de 30,00 francs, libéllé à l'ordre des Editions Critérion. Vous pouvez également venir le chercher en nos locaux aux heures de bureau (9h/12h - 14h/18h). Sans nouvelles de votre part dans un délai de quatre semaines, nous nous verrons dans l'obligation de détruire votre texte.

En vous remerciant de l'interêt que vous avez bien voulu témoigner à notre maison d'Edition, nous vous prions d'agréer, Cher Monsieur, l'expression de nos salutations respectueuses .

La Direction littéraire

Criterion : 11, rue Duguay-Trouin - 75006 Paris. Tél. : (1) 45 44 38 34 - Fax : (1) 45 49 93 92
S.A. au capital de 98.900.000 Francs - Code APE : 221 A
Siren : 957 500 044 00046 - CCP 1329 08 W PARIS - N° TVA FR 53 957 500 044

Flammarion

26, rue Racine, 75278 Paris Cedex 06. Tél. (1) 40 51 31 00

Paris, le 02 Novembre 1995

Vos Réf : Le calendrier de la porte

Nos Réf : 1995/4835

Monsieur ,

Nous avons lu et fait lire autour de nous votre manuscrit.

Hélas, l'unanimité ne s'est pas faite autour de votre texte au sein de notre Comité de Lecture et nous sommes désolés de ne pouvoir en envisager la publication.

Nous vous serions reconnaissants de nous indiquer, en utilisant la partie inférieure de ce courrier, ce que nous devons faire de votre manuscrit.

Avec nos remerciements et dans l'attente de votre réponse, nous vous prions d'agréer, Monsieur, l'expression de nos sentiments les meilleurs.

Le Service des Manuscrits 83

N° enregistrement du manuscrit :
Nom :
Adresse :

Votre manuscrit n'est pas retenu, souhaitez-vous :
- Venir le chercher uniquement le mercredi de 10h à 12h30 et de 14h30 à 18h . (dans un délai d'un mois)
- Le recevoir en retour. Merci de joindre à ce coupon les timbres nécessaires à son expédition.
- Qu'il soit détruit.

P. S. : Sans réponse, les manuscrits non retenus seront détruits.

Librairie Ernest Flammarion - S.A. au capital de 20 996 700 F - R.C.S. Paris B 562 061 572 000
C.C.P. 156 - 72 R 020 - T.V.A. n° FR 69 562 061 572 - Tél. 40 51 31 00 - Télex LibFlam 205 146 F - Télécopieur N° (1) 43 29 21 48

la différence

éditions littéraires et artistiques
103, rue la fayette, 75010 paris
tél. : 42 85 43 11
fax : 48 74 20 43

Paris, le 30/11/95

Monsieur,

Vous nous avez adressé un manuscrit. Après délibération, notre comité de lecture a pris une décision négative.

Compte tenu de la très grande affluence des projets qui nous sont soumis, nous ne pouvons malheureusement pas nous livrer à une critique détaillée, ni communiquer les raisons qui ont présidé à notre décision.

Nous vous prions d'agréer, Monsieur, l'expression de nos sentiments distingués.

Editions Littéraires et Artistiques - S.A. au capital de 2.000.000 F - R.C. Paris B 334 690 864 - APE 5112 - SIRET 334 690 864 000 15 - Locataire Gérant de la S.A.R.L. Le Sphinx

Nous sommes désolés, mais pour les manuscrits non retenus, nous ne pouvons commenter le refus des lecteurs car, malheureusement, nous manquons de personnel.

Bien cordialement.

le cherche midi éditeur
23, rue du Cherche-Midi 75006 Paris
75264 PARIS CEDEX 06

Téléphone : (1) 42 22 71 20
Télécopie : (1) 45 44 08 38

ACTES SUD

Arles, le 15/01/98

Réf. : M10233
Titre : *Souvenirs par procuration*

Monsieur,

Par ces mots, nous accusons réception du manuscrit que nous vous remercions de nous avoir confié.

Nous sommes désolés de ne pouvoir répondre par une lettre personnelle à tous les envois, car nous recevons plus de trois cents manuscrits par mois.

Si dans un délai de quatre-vingt-dix jours, vous n'aviez reçu aucun courrier de notre part, cela signifierait que nous n'avons pu retenir votre ouvrage pour publication. Celui-ci serait alors tenu à votre disposition pendant les trois mois suivants et vous serait retourné sur demande accompagnée de vingt-et-un francs en timbres pour frais d'expédition.

Nous vous prions de croire à l'assurance de nos sentiments attentifs.

Le service des manuscrits

P.-S. : Merci de rappeler les références de votre dossier dans toute correspondance.

ACTES SUD B.P. 38, 13633 ARLES CEDEX TÉL. 04 90 49 86 91 FAX 04 90 96 95 25 LE MÉJAN, PLACE NINA-BERBEROVA
& 18 RUE SÉGUIER, 75006 PARIS TÉL. 01 55 42 63 00 FAX 01 55 42 63 01 e-mail : contact@actes-sud.fr http://www.chapitre.com

ÉDITIONS
JACQUELINE
CHAMBON

Nîmes le 26 février 1998

Cher Monsieur,

J'ai le regret de vous apprendre que votre manuscrit *Souvenirs par procuration* a fait l'objet d'une lecture mais n'a pas été retenu. Ce que vous écrivez ne manque pas certes de qualités mais n'a pas réussi cependant à emporter notre conviction. Or l'expérience nous a prouvé que, sans une adhésion inconditionnelle à un texte, il nous était impossible de le défendre avec efficacité. Ce qui nous amène malheureusement à restreindre nos choix de façon drastique.

En regrettant encore une fois de ne pouvoir répondre à votre attente, je vous prie d'accepter, cher Monsieur, mes cordiales salutations.

Si vous désirez que votre manuscrit vous soit retourné, veuillez avoir l'amabilité de nous faire parvenir 21 F en timbres.

3, place d'Assas 30900 Nîmes. Tél : 04 66 67 63 96. Fax : 04 66 67 39 74 SARL au capital de 350 000 F RC Nîmes 87 B 299
Presse : Catherine Lawless 6, rue Cassette 75006 Paris. Tél : 01 45 49 37 59. Fax : 01 45 44 60 51

Editions Gallimard

nrf

Paris, 27 février 1998

Monsieur ,

Vous avez bien voulu nous soumettre votre manuscrit « SOUVENIRS PAR PROCURATION». Nos lecteurs en ont pris connaissance avec attention.

L'avis qu'ils ont rendu n'est malheureusement pas favorable et il ne nous sera donc pas possible de retenir cet ouvrage pour nos prochains programmes.

Selon l'usage, nous gardons le manuscrit à votre disposition pendant un mois. Passé ce délai, nous ne serons plus en mesure de le conserver.

Nous vous exprimons notre regret et vous prions de croire, Monsieur, à l'assurance de nos sentiments les meilleurs.

Le Secrétariat Littéraire

SIÈGE SOCIAL 5 RUE SÉBASTIEN-BOTTIN 75328 PARIS CEDEX 07 TÉLÉPHONE 01 49 54 42 00 TÉLÉCOPIE 01 45 44 94 03

TÉLEX GALLIM 204121 F TÉLÉGRAMME ENEREFENE PARIS 044 RCS PARIS B 572206753 SOCIÉTÉ ANONYME AU CAPITAL DE 11 914 500 F

Flammarion

26, rue Racine, 75278 Paris Cedex 06. Tél. 01 40 51 31 00

Paris, le 17 Mars 1998

Vos Réf : SOUVENIRS PAR PROCURATION

Nos Réf : 1998/12783

Monsieur ,

Nous avons lu le manuscrit que vous avez bien voulu nous faire parvenir.

Hélas, l'unanimité ne s'est pas faite autour de votre texte au sein de notre Comité de Lecture et nous sommes désolés de ne pouvoir en envisager la publication.

Avec nos regrets, nous vous prions d'agréer, Monsieur, l'expression de nos sentiments les meilleurs.

Le Service des Manuscrits

N° enregistrement du manuscrit : 1998/12783
Nom:
Adresse:

Nous vous rappelons que la maison n'est en aucun cas responsable des manuscrits qui lui sont envoyés. Néanmoins si vous souhaitez récupérer votre manuscrit, merci de joindre à ce coupon les timbres nécessaires à son expédition.
Merci de n'envoyer ni chèque ni espèces.

SANS RÉPONSE DE VOTRE PART DANS UN DÉLAI D'UN MOIS, VOTRE MANUSCRIT SERA DÉTRUIT.

Flammarion S.A. Société Anonyme au capital de 49 728 400 F. - R.C.S. Paris B 321 921 546
C.C.P. 156 - 72 R 020 - T.V.A. n° FR 58 321 921 546 - Tél. 01 40 51 31 00 - Télex LibFlam 205 146 F - Télécopieur 01 43 29 21 48
L'éditeur n'est pas responsable des manuscrits qui lui sont envoyés.

le cherche midi éditeur

Paris, le 29 juin 1998

Cher Monsieur,

Nous avons bien reçu votre manuscrit et nous vous sommes reconnaissants de nous avoir permis de le consulter.

Cependant, notre production étant actuellement surchargée, nous devons faire porter nos choix sur des livres correspondant très précisément à nos collections actuelles. Votre manuscrit n'entre pas dans le cadre du programme éditorial que nous nous sommes fixé, nous regrettons donc de ne pouvoir en envisager l'édition.

L'affluence, chaque jour grandissante, des manuscrits ne nous permet plus de retourner ceux-ci à leurs auteurs. Si vous souhaitez qu'il vous soit renvoyé, nous vous demandons de nous adresser la somme de 21 F en timbres-postes. (Sans réponse de votre part dans un délai de deux mois, il sera détruit.)

En vous remerciant pour votre compréhension, nous vous prions d'agréer, cher Monsieur, nos salutations distinguées.

23, rue du Cherche-Midi 75006 Paris
S.A. au capital de [illegible] - R.C. Paris [illegible] - N° T.V.A. [illegible]
Nous déclinons toute responsabilité pour la perte des livres ou des manuscrits qui nous sont confiés.

Téléphone : 01 42 22 71 20
Télécopie : 01 45 44 08 38

LES ÉDITIONS DE MINUIT

SOCIÉTÉ ANONYME AU CAPITAL DE 1 670 000 F - R.C.S. PARIS B 552.064.883
REP. PRODUCTEUR N° 11502 SÉRIE C-A - N° SIRET 552 064 883-000 10
7, RUE BERNARD-PALISSY 75006 PARIS - FAX 01 45 44 82 36 - TÉL. 01 44 39 39 20

Pour joindre directement votre correspondant composez le 01 44 39 39 suivi des deux chiffres qui figurent à la suite de chaque service : Direction - Droits étrangers - Manuscrits, 22 - Commercial, 25 Comptabilité, 21 - Fabrication, 24 - Revues - Service de presse, 27.

Références à rappeler
86 – 17.2 / 33 F

Madame,

Nous vous remercions de nous avoir soumis votre manuscrit. Celui-ci ne peut entrer dans le cadre de nos publications actuelles. Nous le regrettons sincèrement et vous invitons à le récupérer dans les meilleurs délais.

En effet, nous vous rappelons qu'un éditeur n'est pas responsable des manuscrits qui lui sont adressés spontanément. Le vôtre sera à votre disposition à notre secrétariat *(1er étage)* **durant un mois à dater de ce jour** et remis à toute personne munie de la présente lettre. *Nos horaires de réception sont : 9 h à 12 h, et 14 h à 17 h, du lundi au vendredi.*

Si vous souhaitez une réexpédition par voie postale, nous vous remercions de nous faire parvenir la somme indiquée en tête de cette lettre *(à côté des références à rappeler)* dans ce même délai, augmentée, le cas échéant, de 10 F pour un envoi recommandé.*

Dans cette attente, nous vous prions de croire, Madame, à l'assurance de nos sentiments les meilleurs.

** par chèque ou timbres-poste à 3 F.*

Editions Gallimard

nrf

Paris, le 17 avril 1999

Monsieur ,

Vous avez bien voulu nous soumettre votre manuscrit « L'ANGE AUX AILES BRISEES». Nos lecteurs en ont pris connaissance avec attention.

L'avis qu'ils ont rendu n'est malheureusement pas favorable et il ne nous sera donc pas possible de retenir cet ouvrage pour nos prochains programmes.

Selon l'usage, nous gardons le manuscrit à votre disposition pendant un mois. Passé ce délai, nous ne serons plus en mesure de le conserver.

Nous vous exprimons notre regret et vous prions de croire, Monsieur, à l'assurance de nos sentiments les meilleurs.

Le Secrétariat Littéraire

SIÈGE SOCIAL • 5 RUE SÉBASTIEN-BOTTIN • 75328 PARIS CEDEX 07 • TÉLÉPHONE 01 49 54 42 00 • TÉLÉCOPIE 01 45 44 94 03
TÉLÉGRAMME ENEREFENE PARIS 044 • RCS PARIS B 572206753 • SOCIÉTÉ ANONYME AU CAPITAL DE 11 914 500 F

Librairie des Champs-Élysées

" ÉDITIONS DU MASQUE "

43, quai de Grenelle, 75905 Paris Cedex 15

Tél. 43.92.35.77

Fax 43.92.35.73

Paris, le 18 mai 1999

Monsieur,

Vous nous aviez soumis, en vue de son éventuelle publication dans notre collection "Le Masque", le roman intitulé

L'Ange aux ailes brisées

Malgré d'évidentes qualités d'écriture, nous avons le regret de vous informer qu'il n'a pas été retenu par notre comité de lecture dont nous ne pouvons vous communiquer ni les rapports ni les délibérations. Nous vous le retournons sous ce pli en vous demandant de bien vouloir excuser notre retard à vous répondre.

Nous en sommes désolés et vous prions de croire, Monsieur, à l'assurance de nos sentiments les meilleurs.

Le Secrétariat
des Editions du Masque

Un département de Hachette Livre.
Hachette Livre. S.A. au capital de 33 356 500 F - RCS Paris B 602 060 147. Siège social : 43, quai de Grenelle, 75905 Paris Cedex 15.

Editions Gallimard

nrf

Paris, le 21 mai 1999

Monsieur,

Daniel Pennac nous a transmis la nouvelle version votre manuscrit « Souvenirs par procuration ». Nos lecteurs en ont pris connaissance avec attention.

L'avis qu'ils ont rendu n'est malheureusement pas favorable et il ne nous sera donc pas possible de retenir cet ouvrage pour nos prochains programmes.

Selon l'usage, nous gardons le manuscrit à votre disposition pendant un mois. Passé ce délai, nous ne serons plus en mesure de le conserver.

Nous vous exprimons notre regret et vous prions de croire, Monsieur, à l'assurance de nos sentiments les meilleurs.

Le Secrétariat Littéraire

SIÈGE SOCIAL • 5 RUE SÉBASTIEN-BOTTIN • 75328 PARIS CEDEX 07 • TÉLÉPHONE 01 49 54 42 00 • TÉLÉCOPIE 01 45 44 94 03
TÉLÉGRAMME ENEREFENE PARIS 044 • RCS PARIS B 572206753 • SOCIÉTÉ ANONYME AU CAPITAL DE 11 914 500 F

■ GERARD *de* VILLIERS ■

Paris, le 2 septembre 1999

Monsieur,

Nous vous remercions beaucoup de nous avoir adressé votre manuscrit

L'ange aux ailes brisées

Nous avons pris connaissance de votre texte mais, malheureusement, il ne peut s'intégrer dans aucune de nos collections existantes.

Nous vous le retournons donc ci-joint, et vous souhaitons un meilleur accueil auprès de nos confrères.

Veuillez agréer, Monsieur, l'expression de nos salutations distinguées.

Le comité de lecture

43, quai de Grenelle, 75905 PARIS CEDEX 15

calmann-lévy

3, rue Auber 75009 Paris
Tél. : 0147423833
Fax: 0147427781

Le 6/09/00

N° 34032

Nous vous remercions de la confiance que vous nous témoignez en nous remettant votre manuscrit. Il est identifié chez nous sous le numéro indiqué ci-dessus, qui nous permettra de le suivre dans les différentes étapes de la lecture. Nous sommes par ailleurs désolés de ne pouvoir répondre de façon personnalisée à tous les envois.
Si dans un délai de 90 jours, vous ne recevez aucun autre courrier de notre part, cela signifie que votre manuscrit ne correspond pas à notre ligne éditoriale. Il sera alors tenu à votre disposition pendant six mois, ou vous sera retourné, si vous le souhaitez, contre 25 francs en timbres pour frais d'expédition.
Soyez assuré de la lecture attentive que nos éditeurs feront de votre ouvrage, et recevez l'expression de nos sentiments dévoués.

Le service littéraire.

L'éditeur n'est pas responsable des manuscrits qui lui sont remis.

le cherche midi éditeur

Paris, le 13 septembre 2000

Titre :
Vict…

Monsieur,

Nous vous remercions de nous avoir adressé votre manuscrit que nous allons soumettre à notre comité de lecture.

Si nous ne prenons pas contact avec vous sous deux mois, notre absence de réponse équivaudra à un refus. Il n'est pas utile de nous téléphoner. Dans ce cas, nous garderons en archives votre manuscrit un mois de plus. Si vous désirez le récupérer, il vous suffira de nous faire parvenir 25 F de timbres. Passé ce délai, il ne vous sera plus possible de nous le réclamer car il sera détruit.

Veuillez croire, Monsieur, à l'assurance de nos salutations distinguées.

LE SECRÉTARIAT

23, rue du Cherche-Midi 75006 Paris
S.A. au capital de 1 750 000 F - R.C. Paris 78 B 3998 - Siret 311 945 604 000 40 / 221 A - N° T.V.A. : FR 50 311 945 604
Nous déclinons toute responsabilité pour la perte des livres ou des manuscrits qui nous sont confiés.

Téléphone : 01 42 22 71 20
Télécopie : 01 45 44 08 38

EDITIONS ODILE JACOB

Important Réf. à rappeler : 585

Paris, le 15 septembre 2000

Monsieur,

Nous vous remercions d'avoir bien voulu nous confier votre manuscrit.

Malheureusement, il ne correspond pas à notre politique éditoriale actuelle. Nous ne pouvons donc pas l'éditer.

Nous en sommes désolés et vous prions de croire, Monsieur, à toute notre estime et à notre encouragement.

Po/le comité de lecture

PS : **Nous vous demandons, si possible, de ne pas venir chercher votre manuscrit mais de nous informer par écrit si vous souhaitez qu'il vous soit renvoyé. Nous vous saurions gré de nous faire parvenir en ce cas la somme de 30 F en timbres à l'attention du comité de lecture, dans un délai de deux mois. Passé ce délai, nous ne pourrons en effet le conserver.**

15, rue Soufflot F-75005 Paris. Téléphone : 01 44 41 64 84. Télécopie : 01 44 41 64 99

calmann-lévy

3, rue Auber 75009 Paris
Tél. : 0147423833
Fax : 0147427781

Paris, le 25 Septembre 2000

Monsieur,

Vous avez bien voulu soumettre à notre examen votre manuscrit intitulé :

« *VICT ...* »

Nous en avons pris connaissance avec la plus grande attention, mais nous n'avons pu conclure à sa publication.

Nous vous le retournons donc, afin que vous puissiez en disposer sans tarder.

En vous remerciant de votre confiance, nous vous prions d'agréer, Monsieur, l'expression de nos sentiments les meilleurs.

PJ : Votre manuscrit en retour.

Éditions Calmann-Lévy
Société anonyme
au capital de 1621080 F
RCS Paris B 572 082 279
SIRET 572 082 279 00017
APE 221 A
TVA n° FR 47 572 082 279

Editions Gallimard

nrf

Paris, le 20 octobre 2000

Monsieur,

nous a bien transmis votre manuscrit " *Vic...* ". Nos lecteurs en ont pris connaissance avec attention.

L'avis qu'ils ont rendu n'est malheureusement pas favorable et il ne nous sera donc pas possible de retenir cet ouvrage pour nos prochains programmes.

Vous pouvez reprendre votre manuscrit à nos bureaux, rue Sébastien Bottin, en prévenant vingt-quatre heures à l'avance, ou envoyer des timbres ou des coupons internationaux pour un renvoi par la poste. Passé un délai d'un mois, il ne nous sera plus possible de le conserver.

Nous vous exprimons notre regret et vous prions de croire, Monsieur, à l'assurance de nos sentiments les meilleurs.

Le Secrétariat Littéraire

SIÈGE SOCIAL • 5 RUE SÉBASTIEN-BOTTIN • 75328 PARIS CEDEX 07 • TÉLÉPHONE 01 49 54 42 00 • TÉLÉCOPIE 01 45 44 94 03
TÉLÉGRAMME ENEREFENE PARIS 044 • RCS PARIS B 572206753 • SOCIÉTÉ ANONYME AU CAPITAL DE 10 425 300 F

calmann-lévy

31, rue de Fleurus 75006 Paris
Tél. : 01 49 54 36 00
Fax : 01 45 44 86 32

Le 20/01/03
N° 38 HH3

Nous vous remercions de la confiance que vous nous témoignez en nous remettant votre manuscrit. Il est identifié chez nous sous le numéro indiqué ci-dessus, qui nous permettra de le suivre dans les différentes étapes de la lecture. Nous sommes par ailleurs désolés de ne pouvoir répondre de façon personnalisée à tous les envois.
Vous recevrez notre réponse dans un délai minimal de deux mois.
Soyez assuré de la lecture attentive que nos éditeurs feront de votre ouvrage, et recevez l'expression de nos sentiments dévoués.

Le service littéraire

L'éditeur n'est pas responsable des manuscrits qui lui sont remis.

Albin Michel

Monsieur,

Nous avons bien reçu votre manuscrit, que notre comité de lecture a examiné avec intérêt.

Malheureusement, il n'a pas paru à nos lecteurs que votre ouvrage fût susceptible de trouver sa place dans la programmation actuelle de notre maison.

Vous devez savoir que les impératifs spécifiques des collections, et un programme chargé souvent plusieurs mois à l'avance, nous obligent à des choix sévères, qui parfois nous laissent à nous-mêmes des regrets.

Nous vous remercions d'avoir fait confiance à notre maison, et vous prions de croire à l'assurance de nos meilleurs sentiments.

A Paris, le 3/02/03

LE SERVICE LITTERAIRE

22, rue Huyghens 75680 Paris Cedex 14 / Tél. 01 42 79 10 00 / Télécopie 01 43 27 21 58 / Internet : www.albin-michel.fr
S.A. à directoire et conseil de surveillance au capital de 832 080 € / R.C. Paris B 325 020 998 / Siret 325 020 998 00010
APE 221A / Chèques postaux Paris 24 222 23 G

Robert Laffont **Seghers**

Paris le 4 mars 2003 Référence : **F089536**

Monsieur,

Votre manuscrit a été examiné avec attention mais, n'ayant pas assez convaincu les membres de notre Comité de lecture, nous ne pouvons en envisager la publication.

Veuillez prendre contact dans un délai d'**un mois** avec Mme *Marguet*, au service des manuscrits, afin de lui indiquer si vous souhaitez le récupérer personnellement dans nos locaux. Si vous préférez qu'il vous soit réexpédié par colis simple, nous vous demandons une participation de 3,20 Euros (chèque ou timbres). Passé ce délai, nous ne serons plus, malheureusement, en mesure de le tenir à votre disposition.

Merci de ne pas oublier le numéro de votre référence dans toute correspondance.

En vous remerciant de nous avoir soumis votre texte, nous vous prions de croire, Monsieur, en l'assurance de nos sentiments les meilleurs.

Service des Manuscrits

P.S. : nous vous rappelons que nous ne sommes pas responsables, en cas de perte, des manuscrits envoyés par la poste.

Les éditions **Robert Laffont, Seghers, Julliard, Fixot** et **Nil** sont partenaires et le premier comité de lecture leur est commun. A ce titre, le refus de votre manuscrit vaut pour toutes ces maisons.

Siège social : 24 avenue Marceau 75381 Paris Cedex 08 Tél. 01 53 67 14 00 - Télécopie 01 53 67 14 14
S.A. Editions Robert Laffont au capital de 12 465 540 €. RCS Paris B 389 246 422 - Code APE 221A
Siret 389 246 422 000 23 N° TVA / CEE FR 25 389 246 422 www.laffont.fr

les éditions arléa

Société nouvelle de librairie et d'édition

16, rue de l'Odéon, 75006 Paris
Tél. 01 43 26 98 18
Fax. 01 44 07 04 88

Paris, le 12 Mars 2003

Monsieur,

Nous avons examiné avec attention le manuscrit LA BOÎTE À MUSIQUE que vous nous avez fait parvenir.
Nous ne pensons pas qu'il corresponde à ce que nous souhaitons publier.
Nous vous remercions néanmoins de votre marque de confiance et vous assurons, Monsieur, de nos sentiments les meilleurs.

P.-S. Le manuscrit est à votre disposition pendant un mois, à l'adresse ci-dessus de 9h30 à 18h00. Nous pouvons aussi vous le renvoyer si vous nous faites parvenir les timbres nécessaires.

calmann-lévy

31, rue de Fleurus 75006 Paris
Tél. : 01 49 54 36 00
Fax : 01 45 44 86 32

N° d'identification : 38443

Paris, le 16 avril 2003

Monsieur,

Nous avons bien reçu votre manuscrit et vous remercions de la confiance que vous portez aux Editions Calmann-Lévy.

Votre manuscrit, identifié sous le numéro d'identification indiqué ci-dessus, a été examiné avec attention par notre comité de lecture.

Malheureusement, il ne correspond pas aux types d'ouvrages que nous recherchons actuellement.

Le manque de place ne nous permettant pas de conserver le manuscrit au-delà d'un mois, nous pouvons le tenir à votre disposition en nos locaux pendant ce délai sur simple appel de votre part, ou vous le retourner, si vous le souhaitez, après réception de la somme de :

- 4,60 € pour un affranchissement ordinaire,
- 6,96 € pour un affranchissement en recommandé,

(en timbres, par chèque ou coupon international).

En vous remerciant d'avoir pensé à nous soumettre votre projet d'ouvrage, nous vous prions de croire, Monsieur, à l'assurance de nos sentiments les meilleurs.

Secrétariat littéraire

P.S. Merci de rappeler le numéro d'identification dans toute correspondance.

Éditions Calmann-Lévy
Société anonyme
au capital de 252 160 €
RCS Paris B 572 082 279
SIRET 572 082 279 00033
APE 221 A
TVA n° FR 47 572 082 279

XO EDITIONS

Tour Maine-Montparnasse
33, avenue du Maine
BP 142 - 75755 Paris cedex 15
Tél : 01 56 80 26 80
Fax : 01 56 80 26 72
e-mail : xoeditions@xoeditions.com

Paris, le 28 janvier 2005

Cher Monsieur,

Nous vous remercions de la confiance que vous nous avez manifestée en nous envoyant vos manuscrits.

Nous les avons lus, et malheureusement nous ne souhaitons pas devenir leur éditeur, pour une raison très simple, et j'espère que vous nous comprendrez : nous publions une dizaine de livres par an, et il est très important pour nous que ce soit des « coups de cœur ». Malheureusement, nous n'avons éprouvé cet élan irrésistible ni face à *QUI?*, ni face à *L'ANGE AUX AILES BRISÉES*. Bien entendu, cette réaction ne vaut que pour nous, et rien ne dit qu'un autre éditeur ne sera pas, lui, enthousiasmé. Je vous le souhaite sincèrement.

Avec mes regrets, veuillez croire, cher Monsieur, à l'assurance de toute ma considération.

S.A-au capital de 160 000 € RCS Paris 423 177 054. Siret 423 177 054 000 16 APE 221A. TVA intracommunautaire FR 24 423 177 054

le dilettante

librairies - éditions

19, rue Racine, Paris 6e
téléphone : (33) 01 43 37 98 98
télécopie : (33) 01 43 37 06 10
courriel : info@ledilettante.com

Paris, le 13 mars 2007

M. Delotel,

Nous avons lu votre manuscrit, qui n'a malheureusement pas retenu notre attention.

Soit qu'on commence la lecture par la partie A soit qu'on commence par la 1 l'intrigue nous paraît un peu mince et plutôt répétitive. L'histoire de Pauline et Richard racontée d'un point de vue externe et du point de vue de Richard ne nous a pas captivés. Le tout nous semble un peu artificiel surtout en ce qui concerne la relation entre les deux parties.

Nous vous proposons de vous le réexpédier par distingo suivi à réception de la somme de 6 euros, par chèque exclusivement.

Vous pouvez également le retirer à nos bureaux du lundi au vendredi de 10h30 à 19h30.

Dans tous les cas il est impératif de nous rappeler vos coordonnées et surtout le numéro suivant : 1206

Attention, nous ne pourrons pas conserver votre manuscrit plus d'un mois après réception de cette lettre.

Avec nos regrets, nous vous prions de croire à l'expression de nos sentiments les meilleurs.

SARL de La Commune de la Butte-aux-Cailles au capital de 89 528 €
R.C.S Paris B 307 013 250 (76 B 05564)
siret 30701325000047 APE 221A - TVA FR 27307013250.

Éditions Stock
31, rue de Fleurus, 75006 Paris
Tél. 01 49 54 36 55 / Fax 01 49 54 36 62
Fax direction / éditorial / cessions : 01 49 54 36 67
http://www.editions-stock.fr

Paris, le 21 mars 2007

Monsieur,

J'ai lu avec intérêt et attention votre manuscrit intitulé *Tête-bêche*, que je vous remercie de m'avoir fait parvenir.

Hélas, et je préfère vous l'avouer d'emblée, il ne sera pas retenu en vue d'une publication chez Stock. Je n'ai pas le droit de vous cacher, en effet, qu'une maison d'édition se doit de ne publier que les manuscrits auxquels elle croit à cent pour cent, et je ne suis pas suffisamment convaincu par votre manuscrit pour vous proposer de l' accueillir dans l'une de nos collections.

Pour récupérer votre manuscrit, vous pouvez dans un délai d'un mois, soit passer dans nos locaux, soit nous envoyer 3,77 €uros en timbres ou en chèque en remboursement des frais de réexpédition, je vous remercie d'adresser ce courrier au service des manuscrits.

Avec mes regrets, je vous souhaite en tout cas le meilleur pour votre manuscrit chez l'un de mes confrères.

SOCIÉTÉ EN COMMANDITE SIMPLE AU CAPITAL DE 900 000 €
R.C.S. PARIS B 612 035 659 - SIRET 612 035 659 00079
NAF 221 A - N° CEE FR 03612 035659

Editions Gallimard

nrf

Paris, 28 mars 2007

Monsieur,

nous a transmis votre manuscrit « *Tête-bêche* » . Nos lecteurs en ont pris connaissance avec attention.

L'avis qu'ils ont rendu n'est malheureusement pas favorable et il ne nous sera donc pas possible de retenir ce recueil pour nos prochains programmes.

Nous vous exprimons notre regret et vous prions de croire, Monsieur, à l'assurance de nos sentiments les meilleurs.

Le Secrétariat Littéraire

PS. En raison du grand nombre de manuscrits que nous recevons, il nous est impossible de les renvoyer à nos frais. Si vous souhaitez récupérer votre ouvrage, ayez l'obligeance de bien vouloir nous faire parvenir des timbres ou prévenir vingt-quatre heures à l'avance pour un retrait rue Sébastien Bottin. Les manuscrits non repris seront détruits après un délai de deux mois.

SIÈGE SOCIAL • 5 RUE SÉBASTIEN-BOTTIN • 75328 PARIS CEDEX 07 • TÉLÉPHONE 01 49 54 42 00 • TÉLÉCOPIE 01 45 44 94 03
TÉLÉGRAMME ENEREFENE PARIS 044 • RCS PARIS B 572206753 • SOCIÉTÉ ANONYME AU CAPITAL DE 1 598 546 euros

le 13 avril 2007

Monsieur

Nous avons lu avec intérêt votre roman "Tête-bêche", sans toutefois qu'il suscite l'enthousiasme nécessaire à sa publication.

Avec tous mes regrets et mes sentiments les meilleurs

Albin Michel

22, rue Huyghens - 75014 Paris
Tél. : 01 42 79 10 00 - Fax : 01 42 79 10 14
E-mail : claire.delannoy@albin-michel.fr

ÉDITIONS LIANA LEVI
1 place Paul-Painlevé
75005 Paris - France
Tel : 01.44.32.19.30

Paris, le 13 avril 2007

N/Réf 6508

Monsieur,

Nous avons bien reçu votre manuscrit et nous vous remercions de nous l'avoir adressé. Malgré ses qualités, c'est avec regret que nous vous annonçons que notre comité de lecture a décidé de ne pas le retenir.

Néanmoins, nous souhaitons vivement que votre manuscrit trouve rapidement un bon accueil dans une autre maison d'édition et une place sur les tables de librairies.

Veuillez agréer l'assurance de nos salutations distinguées.

Pour le comité

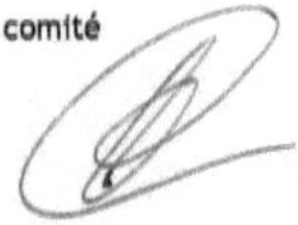

N.B. : Votre manuscrit sera à votre disposition durant 15 jours à compter de la date de cette lettre en nos bureaux de 9 à 13 heures. Vous pouvez également nous demander de vous le retourner contre la somme de 3,70 euros par chèque ou en timbres <u>en nous signalant le numéro d'enregistrement</u>. Au-delà de cette date, ne pouvant le conserver, il sera pilonné.

Robert Laffont NiL Julliard Seghers

Référence : F 118061

Madame, Monsieur,

Votre manuscrit a été examiné avec attention par notre comité de lecture mais il ne nous paraît pas entrer dans le cadre de nos collections et nous ne pouvons donc en envisager la publication.

Veuillez prendre contact dans un délai **d'un mois** avec France au Service des Manuscrits, afin de lui indiquer si vous souhaitez le récupérer personnellement dans nos locaux. Si vous préférez qu'il vous soit réexpédié par colis, nos vous demandons une participation de 3,92 euros par manuscrit (chèque ou timbres). Passé ce délai, nous ne serons plus, malheureusement, en mesure de le tenir à votre disposition.

Merci de ne pas oublier le numéro de votre référence dans toute correspondance.

En vous remerciant de nous avoir soumis votre texte,

Nous vous prions de croire, Madame, Monsieur, en l'assurance de nos sentiments les meilleurs.

Service des Manuscrits

P.S. Nous vous rappelons que nous ne sommes pas responsables, en cas de perte, des manuscrits envoyés par la poste.

24 avenue Marceau
75381 Paris Cedex 08
France

Tél. : 01 53 67 14 00
Fax : 01 53 67 14 14
www.laffont.fr

S.A. Éditions Robert Laffont au capital de 12 465 540 €
RCS Paris B 389 246 422
Code APE 221A

Siret 389 246 422 000 23
N° TVA / CEE FR 25 389 246 422

ÉDITIONS BERNARD GRASSET

61, RUE DES SAINTS-PÈRES - 75006 PARIS

TÉLÉPHONE : (33) 01 44 39 22 00
TÉLÉCOPIE : (33) 01 42 22 64 18

Paris, le 12 mai 2009

Monsieur,

Le manuscrit que vous nous avez adressé a été lu avec attention. Il nous a semblé qu'il ne correspondait pas à nos choix éditoriaux. Nous ne sommes donc pas en mesure de publier votre texte.

Nous le regrettons. Recevez, Monsieur , à l'assurance de notre considération.

La Direction Littéraire

P-S - Nous conservons votre manuscrit quatre semaines à compter de ce jour. Merci de nous faire savoir si vous souhaitez le retirer dans nos bureaux, auquel cas munissez-vous de cette lettre (9h-13h et 14h-17h), ou si vous préférez qu'il vous soit envoyé ; faites-nous parvenir un chèque de 6 € à l'ordre des éditions Grasset et Fasquelle, adressé au service des manuscrits

Merci de ne pas tenir compte de cette mention si vous avez déjà fait parvenir une enveloppe timbrée ou un chèque.

Société des Éditions GRASSET & FASQUELLE Société anonyme au capital de 746 396 €
CCP Paris 0044012V020 42 - SIRET 562 023 705 00014 - code APE 5811Z - RCS Paris B 562 023 705
N° TVA FR 55562023705 - www.grasset.fr

La direction littéraire décline toute responsabilité pour la perte des livres ou manuscrits qui lui sont confiés.

XO EDITIONS

Tour Maine-Montparnasse
33, avenue du Maine
BP 142 - 75755 Paris cedex 15
Tél : 01 56 80 26 80
Fax : 01 56 80 26 72
e-mail : xoeditions@xoeditions.com

Paris, le 4 juin 2009

Cher Monsieur,

Nous avons bien reçu votre manuscrit et nous vous remercions de nous l'avoir confié.

Nous l'avons lu, et ne pensons pas être le bon interlocuteur pour vous. La décision de publier un manuscrit est toujours issue d'une rencontre entre l'univers de l'écrivain et celui de l'éditeur. Cette rencontre, malheureusement, n'a pas eu lieu avec *DIS-MOI*. C'est vraiment une question d'alchimie qui se produit… ou ne se produit pas.

Avec mes regrets, et en vous souhaitant sincèrement de trouver « votre » éditeur, je vous prie d'agréer, cher Monsieur, l'assurance de ma sincère considération.

S.A au capital de 160 000 € RCS Paris 423 177 054. Siret 423 177 054 000 16 APE 5811Z. TVA intracommunautaire FR 24 423 177 054

le dilettante
librairies - éditions
19, rue Racine, Paris 6e
téléphone : (33) 01 43 37 98 98
télécopie : (33) 01 43 37 06 10
courriel : info@ledilettante.com

Paris, le 11/06/09.

M. Delobel,

Nous avons lu votre manuscrit, qui n'a malheureusement pas retenu notre attention.

Votre histoire, qui parle d'un événement dramatique, ne nous a pas séduite. Vous n'avez pas su transmettre les émotions, le chagrin et la folie du personnage principal. Par ailleurs, votre écriture est banale, sans originalité.

Nous vous proposons de vous le réexpédier en lettre à réception de la somme de 3,50 euros par chèque exclusivement.

Vous pouvez également le retirer à nos bureaux du lundi au vendredi de 10h30 à 19h30.

Dans tous les cas il est impératif de nous rappeler vos coordonnées et surtout le numéro suivant : 2297

Attention, nous ne pourrons pas conserver votre manuscrit plus d'un mois après réception de cette lettre.

Avec nos regrets, nous vous prions de croire à l'expression de nos sentiments les meilleurs.

SARL de La Commune de la Butte-aux-Cailles au capital de 89 528 €
R.C.S. Paris B 307 013 250 (76 B 05564)
siret 30701325000047 APE 221A - TVA FR 27307013250.

ÉDITIONS LIANA LEVI
1 place Paul-Painlevé
75005 Paris - France
Tel : 01.44.32.19.30

Paris, le 24 juin 2009

N/Réf 8436

Monsieur,

Nous avons bien reçu votre manuscrit et nous vous remercions de nous l'avoir adressé. C'est avec regret que nous vous annonçons que notre comité de lecture a décidé de ne pas le retenir.

Néanmoins, nous souhaitons vivement que votre manuscrit trouve rapidement un bon accueil dans une autre maison d'édition et une place sur les tables de librairies.

Veuillez agréer l'assurance de nos salutations distinguées.

Le Comité de lecture

N.B. : Votre manuscrit sera à votre disposition durant 15 jours à compter de la date de cette lettre en nos bureaux de 9 à 13 heures. Vous pouvez également nous demander de vous le retourner contre la somme de 3,40€ par manuscrit par chèque ou en timbres en nous signalant le numéro d'enregistrement. Au-delà de cette date, ne pouvant le conserver, il sera pilonné.

Éditions Stock

31, rue de Fleurus, 75278 Paris Cedex 06
Tél. 01 49 54 36 55 / Fax 01 49 54 36 62
Fax direction / éditorial / cessions : 01 49 54 36 67
http://www.editions-stock.fr

Paris, le 24 juin 2009

Monsieur,

J'ai lu avec intérêt et attention votre manuscrit intitulé *Dis-moi,* que je vous remercie de m'avoir fait parvenir.

Hélas, et je préfère vous l'avouer d'emblée, il ne sera pas retenu en vue d'une publication chez Stock. Je n'ai pas le droit de vous cacher, en effet, qu'une maison d'édition se doit de ne publier que les manuscrits auxquels elle croit à cent pour cent, et je ne suis pas suffisamment convaincu par votre manuscrit pour vous proposer de l' accueillir dans l'une de nos collections.

Pour récupérer votre manuscrit, vous pouvez dans un délai d'un mois, soit passer dans nos locaux, soit nous envoyer 3,92 euros en timbres ou en chèque en remboursement des frais de réexpédition, je vous remercie d'adresser ce courrier au service des manuscrits.

Avec mes regrets, je vous souhaite en tout cas le meilleur pour votre manuscrit chez l'un de mes confrères.

SOCIÉTÉ EN COMMANDITE SIMPLE AU CAPITAL DE 900 000 €
R.C.S. PARIS B 612 035 659 - SIRET 612 035 659 00079
NAF 221 A - Nº CEE FR 03612 035659

Editions Gallimard

nrf

Paris, le 07 juillet 2009

Monsieur ,

Vous avez bien voulu nous soumettre votre manuscrit "DIS-MOI". Nos lecteurs en ont pris connaissance avec attention.

L'avis qu'ils ont rendu n'est malheureusement pas favorable et il ne nous sera donc pas possible de retenir cet ouvrage pour nos prochains programmes.

Nous vous exprimons notre regret et vous prions de croire, Monsieur, à l'assurance de nos sentiments les meilleurs.

Le Secrétariat Littéraire

PS. En raison du grand nombre de manuscrits que nous recevons, il nous est impossible de les renvoyer à nos frais. Si vous souhaitez récupérer votre ouvrage, ayez l'obligeance de bien vouloir nous faire parvenir des timbres ou prévenir vingt-quatre heures à l'avance pour un retrait rue Sébastien Bottin. Les manuscrits non repris seront détruits après un délai de deux mois.

SIÈGE SOCIAL • 5 RUE SÉBASTIEN-BOTTIN • 75328 PARIS CEDEX 07 • TÉLÉPHONE 01 49 54 42 00 • TÉLÉCOPIE 01 45 44 94 03
TÉLÉGRAMME ENEREFENE PARIS 044 • RCS PARIS B 572206753 • SOCIÉTÉ ANONYME AU CAPITAL DE 1 690 638 euros

le 25 juillet 2009

Monsieur,

Si votre roman "Apprendre à oublier" nous a touchés par son thème, la forme que vous lui avez donnée ne nous a pas tout à fait

Albin Michel

22, rue Huyghens - 75014 Paris
Tél. : 01 42 79 10 00 - Fax : 01 42 79 10 14
E-mail : claire.delannoy@albin-michel.fr

convaincus.
Croyez à tous mes regrets et à mes sentiments les meilleurs

le dilettante

librairies - éditions
19, rue Racine, Paris 6e
téléphone : (33) 01 43 37 98 98
télécopie : (33) 01 43 37 06 10
courriel : info@ledilettante.com

Paris, le 7.9.09

M. Delebel,

Nous avons lu votre manuscrit, qui n'a malheureusement pas retenu notre attention.

Il est ennuyeux de lire la façon dont se déroule la vie d'un soldat à l'armée, de son apprentissage, des exercices de tirs... Par ailleurs, comme dans tout roman, une histoire d'amour est racontée ! Aucune originalité !

Nous vous proposons de vous le réexpédier en lettre à réception de la somme de 3,50 euros par chèque exclusivement.

Vous pouvez également le retirer à nos bureaux du lundi au vendredi de 10h30 à 19h30.

Dans tous les cas il est impératif de nous rappeler vos coordonnées et surtout le numéro suivant : 2650

Attention, nous ne pourrons pas conserver votre manuscrit plus d'un mois après réception de cette lettre.

Avec nos regrets, nous vous prions de croire à l'expression de nos sentiments les meilleurs.

SARL de La Commune de la Butte-aux-Cailles au capital de 89 528 €
R.C.S. Paris B 307 013 250 (76 B 05564)
siret 30701325000047 APE 221A - TVA FR 27307013250.

LIBRAIRIE ARTHÈME FAYARD

13 rue du Montparnasse 75278 Paris cedex 06 Tél. : 01 45 49 82 00 Fax : 01 42 22 40 17 Fax cessions : 01 45 49 82 54

Paris, le 13 octobre 2010

Cher Monsieur,

Nous vous remercions de nous avoir fait parvenir votre manuscrit.
Malgré son intérêt, ce texte ne nous paraît malheureusement pas pouvoir entrer dans notre programme de publications à venir.

En vous souhaitant de trouver rapidement un éditeur enthousiaste, je vous prie de croire, Cher Monsieur, en l'assurance de nos sentiments distingués.

Le comité de lecture

Nota Bene : Passé le délai d'un mois après la date de cette lettre, votre manuscrit sera détruit sauf mention de votre part. Pour le retour du manuscrit (uniquement en France métropolitaine), votre demande doit être accompagnée d'un chèque de 5 € ou de l'équivalent en timbres pour les frais d'expédition et être adressée à :

Librairie Arthème Fayard
Service Accueil
13, rue du Montparnasse
75278 Paris Cedex 06 – France

S.A. AU CAPITAL DE 888 032 € - 562 136 895 RCS PARIS - APE 5811Z

le dilettante
librairies - éditions
19, rue Racine, Paris 6e
téléphone : (33) 01 43 37 98 98
télécopie : (33) 01 43 37 06 10
courriel : info@ledilettante.com

Paris, le 8 novembre 2010

M. Pelchat,

Nous avons lu votre manuscrit, qui n'a malheureusement pas retenu notre attention.

Malgré de multiples tentatives, vous n'avez pas réussi à accrocher le lecteur (Vous connaissez l'effet des [illegible] sur l'estomac ?!) et votre texte ne s'inscrit pas dans la lignée de la littérature orale. Le thème assez bizarre, (Porteur de valises, confrérie) si proche du conte merveilleux, ne m'enthousiasme pas... Vous avez du mal à maîtriser les ficelles du genre (manque de suspense, style peu [illegible]...)

Nous vous proposons de vous le réexpédier en lettre à réception de la somme de 4,50 euros par chèque exclusivement.

Vous pouvez également le retirer à nos bureaux du lundi au vendredi de 10h30 à 19h30.

Dans tous les cas il est impératif de nous rappeler vos coordonnées et surtout le numéro suivant : 338

Attention, nous ne pourrons pas conserver votre manuscrit plus d'un mois après réception de cette lettre.

Avec nos regrets, nous vous prions de croire à l'expression de nos sentiments les meilleurs.

Le service des manuscrits

SARL de La Commune de la Butte-aux-Cailles au capital de 89 528 €
R.C.S. Paris B 307 013 250 (76 B 05564)
siret 30701325000047 APE 221A - TVA FR 27307013250.

Editions Gallimard

nrf

Paris, le 18 novembre 2010

Monsieur ,

Vous avez bien voulu nous soumettre votre manuscrit "PORTEUR DE VALISES". Nos lecteurs en ont pris connaissance avec attention.

L'avis qu'ils ont rendu n'est malheureusement pas favorable et il ne nous sera donc pas possible de retenir cet ouvrage pour nos prochains programmes.

Nous vous exprimons notre regret et vous prions de croire, Monsieur, à l'assurance de nos sentiments les meilleurs.

Le service des manuscrits
Le Secrétariat

PS. En raison du grand nombre de manuscrits que nous recevons, il nous est impossible de les renvoyer à nos frais. Si vous souhaitez récupérer votre ouvrage, ayez l'obligeance de bien vouloir nous faire parvenir des timbres ou prévenir vingt-quatre heures à l'avance pour un retrait rue Sébastien Bottin. Les manuscrits non repris seront détruits après un délai de deux mois.

SIÈGE SOCIAL • 5 RUE SÉBASTIEN-BOTTIN • 75328 PARIS CEDEX 07 • TÉLÉPHONE 01 49 54 42 00 • TÉLÉCOPIE 01 45 44 94 03
TÉLÉGRAMME ENRRFENE PARIS 044 • RCS PARIS B 572206753 • SOCIÉTÉ ANONYME AU CAPITAL DE 1 690 638 euros
N° IDENTIFICATION TVA FR 19 572 206 753

Éditions Stock

31, rue de Fleurus, 75278 Paris Cedex 06
Tél. 01 49 54 36 55 / Fax 01 49 54 36 62
Fax direction / éditorial / cessions : 01 49 54 36 67
http://www.editions-stock.fr

N° 7753

Paris, le 7 décembre 2010

Monsieur,

Nous avons lu avec intérêt votre manuscrit intitulé :

Porteur de valises

Malheureusement, il n'a pas convaincu un nombre suffisant de nos conseillers littéraires, nous ne pouvons donc pas l'accueillir dans l'une de nos collections.

Si vous souhaitez récupérer votre manuscrit, vous pouvez dans un délai d'un mois, soit passer dans nos locaux, soit nous envoyer 4,05 euros en timbres, en chèque ou coupon international, en remboursement des frais de réexpédition.

En vous remerciant toutefois de votre confiance, et vous souhaitant le meilleur pour votre manuscrit chez l'un de nos confrères, nous vous prions d'agréer, Monsieur, l'expression de nos sentiments les meilleurs.

Le service littéraire

Flammarion

26, rue Racine, 75278 Paris Cedex 06. Tél. 01 40 51 31 00

Paris, le 10/12/2010

Vos réf : porteur de valise

Nos réf : 2010/58946

Monsieur

Nous avons lu le manuscrit que vous avez bien voulu nous faire parvenir. Malheureusement, votre texte n'a pas été retenu par notre Comité de Lecture et nous sommes désolés de ne pouvoir en envisager la publication.

Avec nos regrets, nous vous prions d'agréer, Monsieur, l'expression de nos sentiments les meilleurs.

Le Service des Manuscrits

N° enregistrement du manuscrit : 2010/58946
Date de refus :
Nom:
Adresse:
Nous vous rappelons que la maison n'est en aucun cas responsable des manuscrits qui lui sont envoyés. Néanmoins, vous pouvez joindre à ce coupon les timbres nécessaires à son expédition, le tout **adressé au service des manuscrits. Il n'est malheureusement plus possible de venir chercher le manuscrit.**
Merci de n'envoyer ni chèque ni espèces.

SANS RÉPONSE DE VOTRE PART DANS UN DÉLAI DUN MOIS, VOTRE MANUSCRIT SERA DETRUIT

Albin Michel

Paris, le 13 Décembre 2010

Monsieur Pierre Delobel,

Nous avons examiné avec attention votre manuscrit enregistré sous le numéro **40003**. Malheureusement, notre comité de lecture n'a pas retenu l'ouvrage que vous avez bien voulu nous confier. Vous devez savoir que les impératifs spécifiques de nos collections, d'une part, et un programme de publications déjà trop chargé, d'autre part, nous obligent à des choix sévères, qui parfois nous laissent à nous-mêmes des regrets.

Nous vous rappelons qu'un éditeur n'est pas responsable des manuscrits qui lui sont envoyés spontanément. Aussi, si vous souhaitez récupérer votre manuscrit, ayez l'obligeance de bien vouloir nous faire parvenir une enveloppe affranchie au tarif en vigueur et libellée à votre adresse, ou de nous prévenir quarante-huit heures à l'avance au 01 42 79 10 34 pour un retrait à nos bureaux.

Passé le délai d'un mois après l'expédition de cette lettre, nous serons contraints de procéder à la destruction du manuscrit.

Nous vous remercions d'avoir fait confiance à notre maison, et vous prions de recevoir, Monsieur, nos meilleures salutations.

Le service des manuscrits

22, rue Huyghens 75680 Paris Cedex 14 / Tél. 01 42 79 10 00 / Télécopie 01 43 27 21 58 / Internet : www.albin-michel.fr
S.A. à directoire et conseil de surveillance au capital de 831 030 € / R.C.S. Paris B 325 020 998
Siret 325 020 998 00010 / APE 5811Z / Chèques postaux Paris 24 222 23 G

P.O.L

ref/ n° 102500

Paris, le 14/12/10

Monsieur,

Nous vous remercions de nous avoir communiqué votre roman intitulé *Porteur de valises.*

Malheureusement, notre production étant très réduite, nos choix en sont d'autant plus restrictifs. Ainsi nous a-t-il semblé que votre texte ne correspondait pas à ce que nous recherchions pour nos collections.

Avec nos regrets, nous vous prions de recevoir, Monsieur, nos meilleures salutations.

Éditions P.O.L

P.S. Le manuscrit restera à votre disposition dans nos bureaux pendant un mois ou vous sera réexpédié, à votre demande, par courrier ordinaire, contre l'envoi d'un chèque de 5 € pour frais d'affranchissement. Passé ce délai d'un mois, nous ne pourrons plus assurer la conservation de votre manuscrit.

Nos bureaux sont ouverts du lundi au vendredi de 9h à 13h et de 14h30 à 18h30.

33, rue Saint-André-des-Arts – 75006 Paris – Tél. : 01 43 54 21 20 – Fax : 01 43 54 11 31 – www.pol-editeur.fr
P.O.L éditeur, S.A. au capital 730 517 € – R.C. Paris B 326.357.332 – N° T.V.A. : FR 83326357332 – Siège social : 33, rue Saint-André-des-Arts, 75006 Paris.

Robert Laffont ***NiL Julliard Seghers***

<u>Référence</u> : F 124000

Madame, Monsieur,

Votre manuscrit a été examiné avec attention par notre comité de lecture mais il ne nous paraît pas entrer dans le cadre de nos collections et nous ne pouvons donc en envisager la publication.

Veuillez prendre contact dans un délai **<u>d'un mois</u>** avec France au Service des Manuscrits, afin de lui indiquer si vous souhaitez le récupérer personnellement dans nos locaux. Si vous préférez qu'il vous soit réexpédié par colis, nos vous demandons une participation de 3,99 euros par manuscrit (chèque ou timbres). Passé ce délai, nous ne serons plus, malheureusement, en mesure de le tenir à votre disposition.

Merci de ne pas oublier le numéro de votre référence dans toute correspondance.

En vous remerciant de nous avoir soumis votre texte,

Nous vous prions de croire, Madame, Monsieur, en l'assurance de nos sentiments les meilleurs.

Service des Manuscrits

P.S. Nous vous rappelons que nous ne sommes pas responsables, en cas de perte, des manuscrits envoyés par la poste.

24 avenue Marceau
75381 Paris Cedex 08
France

Tél. : 01 53 67 14 00
Fax : 01 53 67 14 14
www.laffont.fr

S.A. Éditions Robert Laffont au capital de 12 465 540 €
RCS Paris B 389 246 422
Code APE 5811Z

Siret 389 246 422 000 23
N° TVA / CEE FR 25 389 246 422

ÉDITIONS BERNARD GRASSET

61, RUE DES SAINTS-PÈRES - 75006 PARIS

TÉLÉPHONE : (33) 01 44 39 22 00
TÉLÉCOPIE : (33) 01 42 22 64 18

LE DIRECTEUR ÉDITORIAL

Paris, le 08/06/2011

Monsieur,

Nous avons bien reçu votre manuscrit,

«Porteur de valises».

Nous l'avons lu avec attention, et il nous a semblé qu'il ne correspondait pas à nos choix éditoriaux. En conséquence, nous ne pouvons pas en envisager la publication.

Nous vous remercions de la confiance que vous nous avez témoignée et regrettons de ne pas donner suite à votre attente.

Nous vous prions d'agréer ,Monsieur l'expression de nos sentiments respectueux.

<u>Le service éditorial</u>

P-S - Nous conservons votre manuscrit quatre semaines à compter de ce jour. Merci de nous faire savoir si vous souhaitez le retirer dans nos bureaux, auquel cas munissez-vous de cette lettre (9h-13h et 14h-17h), ou si vous préférez qu'il vous soit envoyé ; faites-nous parvenir un chèque de 6 € à l'ordre des éditions Grasset et Fasquelle, adressé au service des manuscrits

Merci de ne pas tenir compte de cette mention si vous avez déjà fait parvenir une enveloppe timbrée ou un chèque.

Société des Éditions GRASSET & FASQUELLE Société anonyme au capital de 746 396 €
CCP Paris 0044012V020 67 - SIRET 362 023 705 00014 - code APE 5811Z - RCS Paris B 562 023 705
N° TVA FR 55562023705 - www.grasset.fr

La direction littéraire décline toute responsabilité pour la perte des livres ou manuscrits qui lui sont confiés.

LES ÉDITIONS DE MINUIT
7, RUE BERNARD-PALISSY – 75006 PARIS
TÉLÉPHONE 01 44 39 39 20. Pour joindre directement votre correspondant composer le 01 44 39 39 suivi des deux chiffres qui figurent à la suite de chaque service : Direction - Droits étrangers, 22 – Service de presse, 27 – Commercial, 25 – Comptabilité, 21 – Fabrication, 24 – Manuscrits, 29 – Abonnements aux revues, 29.
FAX 01 44 39 39 23 – COURRIEL : contact@leseditionsdeminuit.fr
SITE : www.leseditionsdeminuit.fr

Références à rappeler — Paris, le 28 Juin 2011

111121 - 28.06
Titre: Porteur de valises

Monsieur,

Nous vous remercions de nous avoir adressé votre manuscrit. Celui-ci ne peut entrer dans le cadre de nos publications actuelles. Nous le regrettons et vous invitons à le récupérer dans les meilleurs délais.

Nous vous rappelons qu'un éditeur n'est pas responsable des manuscrits qui lui sont adressés spontanément. Nous vous proposons donc de vous réexpédier le vôtre. A cet effet, nous vous remercions de nous faire parvenir une participation forfaitaire de 5,60 € *(en timbres-poste à 0,56 € ou, à défaut, par chèque).*

Votre manuscrit peut également être remis à toute personne munie de la présente lettre. **Nos horaires de réception sont: 9h30 à 12h, et 14h à 17h, du lundi au vendredi.**

Passé le délai d'un mois, nous serons contraints de procéder à la destruction du manuscrit.

Dans l'attente de votre réponse, nous vous prions de croire, Monsieur, à l'assurance de nos sentiments les meilleurs.

Le service des manuscrits

SOCIÉTÉ ANONYME AU CAPITAL DE 334 000 € – R.C.S. PARIS B 552.064.883 – REP. PRODUCTEUR N° 11502
SÉRIE C-A – N° SIRET 552 064 883-000 10 – SIÈGE SOCIAL : 7, RUE BERNARD-PALISSY, 75006 PARIS

Le cherche midi

23, rue du Cherche Midi – 75006 Paris

Paris le 04-07-2011

Ref : DK-1

Chère Madame, Cher Monsieur,

Votre manuscrit a été examiné avec attention, mais malheureusement, il n'a pas emporté l'adhésion de notre Comité de lecture et nous ne pouvons donc en envisager la publication.

Afin de procéder au renvoi de votre manuscrit,
MERCI DE NOUS RENVOYER CE DOCUMENT COMPLETE :

- **Nom et prénom :**
- **Titre du manuscrit :**
-

Nous conservons les manuscrits refusés pendant **1 mois**. Si vous souhaitez récupérer le vôtre, il suffit de nous écrire et de joindre à votre courrier une participation pour les frais d'expédition de 5 € (chèque ou timbres). Passé ce délai, nous ne serons plus en mesure de le restituer et il sera détruit.

Merci de préciser la date de cette lettre dans toute correspondance.

En vous remerciant de votre marque de confiance, nous vous prions de croire, chère Madame, cher Monsieur, en l'assurance de nos sentiments les meilleurs.

Le service des manuscrits

N.B. : Les manuscrits sont retournés uniquement par la poste.
Nous vous rappelons que nous ne sommes pas responsables, en cas de perte, des manuscrits qui nous sont adressés.

Éditions Héloïse d'Ormesson

Paris, le 13 juillet 2011

Monsieur,

Tout d'abord, merci de nous avoir fait parvenir votre manuscrit : *Porteur de valises.*

Après une étude attentive, nous avons malheureusement décidé de ne pas le retenir, dans la mesure où il ne correspond pas exactement à notre ligne éditoriale.

En outre, nous publions moins de dix titres français par an, ce qui restreint fortement nos choix de publications.

Si vous souhaitez récupérer votre manuscrit, vous pouvez venir aux Editions Héloïse d'Ormesson en nous ayant préalablement avertis de votre passage, ou nous envoyer une enveloppe affranchie. Nous ne conserverons pas votre manuscrit au-delà d'un mois à compter de ce courrier.

Nous vous souhaitons meilleure chance auprès d'autres éditeurs.

Veuillez croire, Monsieur, en l'expression de nos sentiments les meilleurs

Le service des manuscrits

Notre nouvelle adresse postale est le : 3 rue Rollin 75005 Paris
Tous nos numéros de téléphones restent inchangés.

EHO | 87, bd Saint-Michel, 75005 Paris | Tél. 01 56 81 30 70 | Fax 01 43 26 19 68 | eho@editions-heloisedormesson.com

calmann-lévy

31, rue de Fleurus 75006 Paris
Tél. : 01 49 54 36 00
Fax : 01 49 54 36 39

Le 19/03/2013
N° 238

Nous vous remercions de la confiance que vous nous témoignez en nous remettant votre manuscrit. Il est identifié chez nous sous le numéro indiqué ci-dessus, qui nous permettra de le suivre dans les différentes étapes de la lecture. Nous sommes par ailleurs désolés de ne pouvoir répondre de façon personnalisée à tous les envois.
Vous recevrez notre réponse dans un délai minimal de deux mois.
Soyez assuré(e) de la lecture attentive que nos éditeurs feront de votre ouvrage, et recevez l'expression de nos sentiments dévoués.

Le service littéraire

L'éditeur n'est pas responsable des manuscrits qui lui sont remis.

ÉDITIONS BERNARD GRASSET

61, RUE DES SAINTS-PÈRES - 75006 PARIS

TÉLÉPHONE : (33) 01 44 39 22 00
TÉLÉCOPIE : (33) 01 42 22 64 18

LE DIRECTEUR ÉDITORIAL

Paris, le 20 mars 2013

Nous avons bien reçu votre manuscrit,

« Trois Périodes.

Nous l'avons lu avec attention, et il nous a semblé qu'il ne correspondait pas à nos choix éditoriaux. En conséquence, nous ne pouvons pas en envisager la publication.

Nous vous remercions de la confiance que vous nous avez témoignée et regrettons de ne pas donner suite à votre attente.

Nous vous prions d'agréer, Monsieur, l'expression de nos sentiments respectueux.

<u>Le service éditorial</u>

P-S - Nous conservons votre manuscrit quatre semaines à compter de ce jour. Merci de nous faire savoir si vous souhaitez le retirer dans nos bureaux, auquel cas munissez-vous de cette lettre (9h-13h et 14h-17h), ou si vous préférez qu'il vous soit envoyé ; faites-nous parvenir un chèque de 6 € à l'ordre des éditions Grasset et Fasquelle, adressé au service des manuscrits

Merci de ne pas tenir compte de cette mention si vous avez déjà fait parvenir une enveloppe timbrée ou un chèque.

Société des Éditions GRASSET et FASQUELLE Société anonyme au capital de 746 396 €
CCP Paris 0044012V020 67 - SIRET 562 023 705 00014 - code APE 5811Z - RCS Paris B 562 023 705
N° TVA FR 55562023705 - www.grasset.fr

Le cherche midi

23, rue du Cherche Midi – 75006 Paris

Paris le 10-04-2013

Ref : DK-1

Chère Madame, Cher Monsieur,

Votre manuscrit a été examiné avec attention, mais malheureusement, il n'a pas emporté l'adhésion de notre Comité de lecture et nous ne pouvons donc en envisager la publication.

Afin de procéder au renvoi de votre manuscrit,
MERCI DE NOUS RENVOYER CE DOCUMENT COMPLETE :

- **Nom et prénom :**
- **Titre du manuscrit :**
-

Nous conservons les manuscrits refusés pendant **1 mois**. Si vous souhaitez récupérer le vôtre, il suffit de nous écrire et de joindre à votre courrier une participation pour les frais d'expédition de 5 € (chèque ou timbres). Passé ce délai, nous ne serons plus en mesure de le restituer et il sera détruit.

Merci de préciser la date de cette lettre dans toute correspondance.

En vous remerciant de votre marque de confiance, nous vous prions de croire, chère Madame, cher Monsieur, à l'assurance de nos sentiments les meilleurs.

Le service des manuscrits

N.B. : Les manuscrits sont retournés uniquement par la poste.
Nous vous rappelons que nous ne sommes pas responsables, en cas de perte, des manuscrits qui nous sont adressés.

le dilettante
19, rue Racine, 75006 Paris
téléphone : +33 (0)1 43 37 98 98
télécopie : +33 (0)1 43 37 06 10
info@ledilettante.com

Paris, le 14 avril 2013

M. Pierre Delobel

Nous avons lu votre manuscrit, qui n'a malheureusement pas retenu notre attention.
Votre incipit in medias res est intéressant. Cependant, les nombreux sauts dans le temps deviennent laborieux et mettent la concentration du lecteur à rude épreuve. De surcroît, la suite de votre roman se révèle contemplative et d'une très grande lenteur. Enfin, le roman est empreint de mélodrame (notamment →

Nous vous proposons de vous le réexpédier en lettre à réception de la somme de 4,50 euros par chèque exclusivement.

Vous pouvez également le retirer à nos bureaux du lundi au vendredi de 10 h 30 à 19 h 30.

Dans tous les cas il est impératif de nous rappeler vos coordonnées et surtout le numéro suivant : 1456

Attention, nous ne pourrons pas conserver votre manuscrit plus d'un mois après réception de cette lettre.

Avec nos regrets, nous vous prions de croire à l'expression de nos sentiments les meilleurs.

SARL de La Commune de la Butte-aux-Cailles au capital de 89 528 euros – R.C.S. Paris B 307013250 (76 B 05564)
Siret 30701325000047 APE 5811 Z – TVA FR 27307013250

lors des révélations finales) auquel nous n'avons pas été sensibles. (« Je ne supporte pas de le voir abattu ainsi. La douleur est imprescriptible et incommensurable. Je pleure, comme d'habitude. » p 142)

LIBRAIRIE ARTHÈME FAYARD

13 rue du Montparnasse 75278 Paris cedex 06 Tél. : 01 45 49 82 00 Fax : 01 42 22 40 17 Fax cessions : 01 45 49 82 54

Cher Monsieur,

Je vous remercie de nous avoir fait parvenir votre ouvrage intitulé

TROIS PERIODES

Malgré son intérêt, ce texte ne nous paraît malheureusement pas pouvoir entrer dans notre programme de publication à venir.

En vous souhaitant de trouver rapidement un éditeur enthousiaste, je vous prie de croire, Cher Monsieur, en l'assurance de mes sentiments distingués.

Service des manuscrits

***Nota Bene :** Passé le délai de 1 mois après la date d'envoi de ce courrier, le manuscrit sera détruit sauf mention de votre part. Pour le retour du manuscrit (uniquement en France métropolitaine), votre demande doit être accompagnée d'un chèque de 5 € (à l'ordre de la Librairie Arthème Fayard) ou de l'équivalent en timbres pour les frais d'expédition et être adressée à :*
Librairie Arthème Fayard
A l'attention du Service Accueil
13, rue du Montparnasse
75278 Paris Cedex 06 – France

Merci de ne pas tenir compte de cette mention si vous avez déjà fait parvenir une enveloppe timbrée ou un chèque.

S.A. AU CAPITAL DE 888 032 € · 562 136 895 RCS PARIS · APE 5811Z

Éditions Gallimard

Paris, le 23 Avril 2013

Monsieur,

Vous avez bien voulu nous soumettre votre manuscrit "TROIS PERIODES". Nos lecteurs en ont pris connaissance avec attention.

L'avis qu'ils ont rendu n'est malheureusement pas favorable et il ne nous sera donc pas possible de retenir cet ouvrage pour nos prochains programmes.

Nous vous exprimons notre regret et vous prions de croire, Monsieur, à l'assurance de nos sentiments les meilleurs.

PS. En raison du grand nombre de manuscrits que nous recevons, il nous est impossible de les renvoyer à nos frais. Si vous souhaitez récupérer votre ouvrage Ayez l'obligeance de bien vouloir nous faire parvenir des timbres ou prévenir vingt-quatre heures à l'avance pour un retrait rue Gaston Gallimard. Les manuscrits non repris seront détruits après un délai de deux mois.

5 rue Gaston-Gallimard 75328 Paris cedex 07. téléphone 01 49 54 42 00. télécopie 01 45 44 94 03. www.gallimard.fr
RCS PARIS B 572206753 SOCIÉTÉ ANONYME AU CAPITAL DE 1 690 638 EUROS. NUMÉRO D'IDENTIFICATION TVA FR 19 572 206 753

P.O.L

ref/ n° 130845

Paris, le 03/05/13

Monsieur,

Nous vous remercions de nous avoir communiqué votre roman intitulé *Trois Périodes*.

Malheureusement, notre production étant très réduite, nos choix en sont d'autant plus restrictifs. Ainsi nous a-t-il semblé que votre texte ne correspondait pas à ce que nous recherchions pour nos collections.

Avec nos regrets, nous vous prions de recevoir, Monsieur, nos meilleures salutations.

P.S. Le manuscrit restera à votre disposition dans nos bureaux pendant un mois ou vous sera réexpédié, à votre demande, par courrier ordinaire, contre l'envoi d'un chèque de 5 € pour frais d'affranchissement. Passé ce délai d'un mois, nous ne pourrons plus assurer la conservation de votre manuscrit.

Nos bureaux sont ouverts du lundi au vendredi de 9h à 13h et de 14h30 à 18h30.

33, rue Saint-André-des-Arts – 75006 Paris – Tél. : 0143542120 – Fax : 0143541131 – www.pol-editeur.fr

P.O.L éditeur, S.A. au capital de 4 791 880 F – R.C. Paris B 326.357.332 – N° T.V.A.: FR 83326357332 – Siège social: 33, rue Saint-André-des-Arts, 75006 Paris.

Albin Michel

Paris, le 14 Mai 2013

Monsieur Pierre Delobel,

Nous avons examiné avec attention votre manuscrit enregistré sous le numéro **53655**. Malheureusement, notre comité de lecture n'a pas retenu l'ouvrage que vous avez bien voulu nous confier. Vous devez savoir que les impératifs spécifiques de nos collections, d'une part, et un programme de publications déjà trop chargé, d'autre part, nous obligent à des choix sévères, qui parfois nous laissent à nous-mêmes des regrets.

Nous vous rappelons qu'un éditeur n'est pas responsable des manuscrits qui lui sont envoyés spontanément. Aussi, si vous souhaitez récupérer votre manuscrit, ayez l'obligeance de bien vouloir nous faire parvenir une enveloppe affranchie au tarif en vigueur et libellée à votre adresse, ou de nous prévenir quarante-huit heures à l'avance au 01 42 79 10 34 pour un retrait à nos bureaux.

Passé le délai d'un mois après l'expédition de cette lettre, nous serons contraints de procéder à la destruction du manuscrit.

Nous vous remercions d'avoir fait confiance à notre maison, et vous prions de recevoir, Monsieur, nos meilleures salutations.

Le service des manuscrits

22, rue Huyghens 75680 Paris Cedex 14 / Tél. 01 42 79 10 00 / Télécopie 01 43 27 21 58 / Internet : www.albin-michel.fr
S.A. à directoire et conseil de surveillance au capital de 831 030 € / R.C.S. Paris B 325 020 998 / Siret 325 020 998 00010 / APE 5811Z

JC Lattès

Paris le 14 mai 2013

Monsieur,

Nous sommes au regret de vous informer que votre projet :

TROIS PERIODES

enregistré sous le numéro : 186

n'a pas retenu l'attention de notre comité de lecture car celui-ci ne rentre pas dans le cadre de notre ligne éditoriale, vous nous en voyez désolés.

Si vous souhaitez récupérer votre manuscrit, merci de contacter par téléphone Madame Marietta LANGE, afin que celui-ci soit tenu à votre disposition :

du lundi au vendredi de 9 h 30 à 11 h 30 et de 14 h 30 à 16 h 30.

Il vous est également loisible de nous faire parvenir la somme forfaitaire de 6 euros en timbres uniquement afin que nous puissions vous le retourner. Nous vous signalons que passé un délai d'un mois à dater de ce jour, nous ne serons plus en mesure de le conserver.

En vous remerciant de nous avoir communiqué ce texte, nous vous prions de croire, Monsieur, à l'expression de nos sentiments distingués.

Le Service des Manuscrits

Veuillez ne pas oublier de nous indiquer le numéro d'enregistrement de votre projet dans toutes les correspondances.

Éditions Jean-Claude Lattès - S.N.C. - Siège social : 17, rue Jacob, 75006 Paris - Tél. : (33) 01 44 41 74 00
Télécopie (Fax) : (33) 01 43 25 30 47 - (33) 01 43 26 91 04 (Service des droits) - web : www.editions-jclattes.fr
R.C. Paris B 682 028 659

calmann-lévy

31, rue de Fleurus 75278 Paris Cedex 06
Tél. : 01 49 54 36 00
Fax : 01 49 54 36 39
www.calmann-levy.fr

N° d'identification : 238

Monsieur,

Nous avons bien reçu votre manuscrit et vous remercions de la confiance que vous portez aux Editions Calmann-Lévy

Votre manuscrit, identifié sous le numéro d'identification indiqué ci-dessus, a été examiné avec attention par notre comité de lecture, qui ne l'a pas retenu pour publication.

Le manque de place ne nous permettant pas de conserver le manuscrit au-delà d'un mois, nous pouvons le tenir à votre disposition en nos locaux pendant ce délai, ou vous le retourner, si vous le souhaitez, après réception de la somme de :

- 4,40 € pour l'affranchissement (en timbres, par chèque ou coupon international pour étranger.).

En vous remerciant d'avoir pensé à nous soumettre votre ouvrage, nous vous prions de croire, Monsieur, à l'assurance de nos sentiments les meilleurs.

Secrétariat littéraire

P.S. : Merci de rappeler votre numéro d'identification dans toute correspondance.

FLAMMARION
GROUPE

Paris, le 29/05/2013

Vos réf : *Trois périodes*

Nos réf : 2013/70391

Monsieur,

Nous avons lu le manuscrit que vous avez bien voulu nous faire parvenir. Malheureusement, votre texte n'a pas été retenu par notre Comité de Lecture et nous sommes désolés de ne pouvoir en envisager la publication.

Avec nos regrets, nous vous prions d'agréer, Monsieur, l'expression de nos sentiments les meilleurs.

Le Service des Manuscrits

N° enregistrement du manuscrit : 2013/70391
Date de refus : 29/05/2013
Nom:
Adresse:
Nous vous rappelons que la maison n'est en aucun cas responsable des manuscrits qui lui sont envoyés. Néanmoins, vous pouvez joindre à ce coupon les timbres nécessaires à son expédition, le tout **adressé au service des manuscrits (1, Place de l'Odéon, 75006 Paris). Il n'est malheureusement plus possible de venir chercher le manuscrit.**

Merci de n'envoyer ni chèque ni espèces.

SANS RÉPONSE DE VOTRE PART DANS UN DÉLAI D'UN MOIS, VOTRE MANUSCRIT SERA DETRUIT.

Flammarion S.A.
87, quai Panhard et Levassor • 75647 Paris cedex 13
Tél. : (33) 01 40 51 31 00 et Fax (33) 01 43 29 21 48

EDITIONS JOELLE LOSFELD

Paris, le 9 août 2013

N° 9076
Titre : *Trois périodes*

Cher Monsieur,

Nous vous remercions de la confiance que vous nous avez témoigné en nous faisant parvenir ce manuscrit.

Nous sommes au regret de le refuser. En effet, notre faible production ne nous permet d'éditer que les très rares textes pour lesquels nous avons éprouvé un profond enthousiasme. Nous espérons que vous ne nous en tiendrez pas rigueur, et vous prions de nous excuser pour le retard avec lequel nous vous répondons, dû au grand nombre de manuscrits que nous recevons.

En vous souhaitant bonne chance dans vos démarches, nous vous prions d'agréer, cher Monsieur, nos salutations distinguées.

Éditions Joëlle Losfeld

N.B. : Nous conservons les manuscrits **un mois** à compter de la date de ce courrier ; ensuite nous les détruisons. Si vous souhaitez que nous vous renvoyions votre texte, merci de nous faire parvenir la somme nécessaire à son renvoi **en timbres uniquement**.
En revanche, si vous souhaitez venir le chercher, nous vous prions de bien vouloir **nous en avertir préalablement en nous appelant au 01 56 81 04 10 ou par e-mail à l'adresse suivante : info@joellelosfeld.fr.**

5, rue Sébastien-Bottin, 75007 Paris - Tél. : 01 56 81 04 10
Fax : 01 56 81 04 11

Éditions Stock

31, rue de Fleurus, 75278 Paris Cedex 06
Tél. 01 49 54 36 55 / Fax 01 49 54 36 62
Fax direction / éditorial / cessions : 01 49 54 36 67
http://www.editions-stock.fr

Paris, le 30 octobre 2013

Monsieur,

Nous avons pris connaissance de votre projet d'ouvrage intitulé *Trois périodes*, et l'avons examiné avec intérêt.

Malheureusement, il ne correspond pas à ce que nous recherchons dans le cadre de notre ligne éditoriale et, pour cette raison, nous ne pouvons y donner suite.

Nous vous remercions toutefois de la confiance que vous avez bien voulu nous accorder et vous prions de croire, monsieur, en l'expression de nos sentiments les meilleurs.

Le Comité de Lecture

SOCIÉTÉ EN COMMANDITE SIMPLE AU CAPITAL DE 900 000 €
R.C.S. PARIS B 612 035 650 - SIRET 612 035 650 00079
NAF 221 A - N° CEE FR 03612 035650

le 10 janvier 2018

Monsieur,

Votre manuscrit, hélas, n'a pas convaincu le Comité de lecture.

Je le regrette.

Cordialement.

ÉDITIONS GRASSET ET FASQUELLE
61, RUE DES SAINTS-PÈRES - 75006 PARIS

TÉL.

ÉDITIONS BERNARD GRASSET

61, RUE DES SAINTS-PÈRES - 75006 PARIS

TÉLÉPHONE : (33) 01 44 39 22 00
TÉLÉCOPIE : (33) 01 42 22 64 18

Paris, le 18 janvier 2018

Monsieur,

Nous avons bien reçu votre manuscrit,

La dévorante.

Nous l'avons lu avec attention, et il nous a semblé qu'il ne correspondait pas à nos choix éditoriaux. En conséquence, nous ne pouvons pas en envisager la publication.

Nous vous remercions de la confiance que vous nous avez témoignée et regrettons de ne pas donner suite à votre attente.

Nous vous prions d'agréer, Monsieur, l'expression de nos sentiments respectueux.

Le service éditorial

P-S - Nous conservons votre manuscrit quatre semaines à compter de ce jour. Merci de nous faire savoir si vous souhaitez le retirer dans nos bureaux, auquel cas munissez-vous de cette lettre (9h-13h et 14h-17h), ou si vous préférez qu'il vous soit envoyé ; faites-nous parvenir un chèque de 6 € à l'ordre des éditions Grasset et Fasquelle, adressé au service des manuscrits

Merci de ne pas tenir compte de cette mention si vous avez déjà fait parvenir une enveloppe timbrée ou un chèque.

Société des Éditions GRASSET & FASQUELLE Société anonyme au capital de 746 396 €
SIRET 362 023 705 00014 - code APE 5811Z - RCS Paris B 562 023 705
N° TVA FR 55562023705 - www.grasset.fr

Éditions Gallimard

Paris, le 27 Février 2018

Monsieur,

Vous avez bien voulu nous soumettre votre manuscrit "LA DEVORANTE". Nos lecteurs en ont pris connaissance avec attention.

L'avis qu'ils ont rendu n'est malheureusement pas favorable et il ne nous sera donc pas possible de retenir cet ouvrage pour nos prochains programmes.

Nous vous exprimons notre regret et vous prions de croire, Monsieur, à l'assurance de nos sentiments les meilleurs.

Le service des manuscrits
Le Secrétariat

PS. En raison du grand nombre de manuscrits que nous recevons, il nous est impossible de les renvoyer à nos frais. Si vous souhaitez récupérer votre ouvrage ayez l'obligeance de bien vouloir nous faire parvenir des timbres ou prévenir vingt-quatre heures à l'avance pour un retrait rue Gaston Gallimard. Les manuscrits non repris seront détruits après un délai de deux mois.

5 rue Gaston-Gallimard 75328 Paris cedex 07. téléphone 01 49 54 42 00. télécopie 01 45 44 94 03. www.gallimard.fr
RCS PARIS B 572206753. SOCIÉTÉ ANONYME AU CAPITAL DE 1 690 638 EUROS. NUMÉRO D'IDENTIFICATION TVA FR 19 572 206 753

JC Lattès

Paris, le 28 février 2018

Monsieur,

Merci de nous avoir communiqué votre projet :

LA DEVORANTE

Nous en avons examiné la possibilité de publication en comité de lecture. Celui-ci a malheureusement rendu un avis négatif quant à sa publication, vous nous en voyez désolés.

En vous remerciant de nous avoir communiqué ce texte, nous vous prions de croire, Monsieur, à l'expression de nos sentiments distingués.

Le Service des Manuscrits

PJ : Manuscrit

Éditions Jean-Claude Lattès - S.N.C. - Siège social : 17, rue Jacob, 75006 Paris
Tél. +33(0)1 44 41 74 00 - Télécopie (Fax) : 01 43 25 30 47 - web : www.editions-jclattes.fr
R.C. Paris B 682 028 659

Éditions de l'Olivier
96, boulevard du Montparnasse
75014 Paris
tel : 01 41 48 84 76
fax : 01 45 49 17 60
editionsdelolivier@editionsdelolivier.fr

Monsieur,

Nous avons pris connaissance de votre manuscrit, *La dévorante.*

Votre texte ne pouvant s'inscrire dans notre politique éditoriale, nous avons décidé de ne pas le retenir pour publication au sein de l'Olivier.

Nous vous remercions de votre confiance et vous prions de croire à l'expression de nos sentiments les meilleurs.

Le service des manuscrits

P.S. : Votre manuscrit sera conservé **un mois**. Vous pouvez venir le retirer **en téléphonant au préalable** aux éditions ou nous envoyer une enveloppe affranchie et au format afin qu'il vous soit réexpédié (pas de chèque).

Éditions de l'Olivier
Société par actions simplifiée au capital de 37 000 €
R.C.S. Paris 488.326.950
Siret 488.326.950.000.34 Code NAF 5814Z
N° T.V.A. intracommunautaire FR.47.488.326.950

le dilettante
7, place de l'Odéon 75006 Paris
téléphone : +33 (0)1 43 37 98 98
télécopie : +33 (0)1 43 37 06 10
www.ledilettante.com

Paris, le 03/04/2018

M. Pierre [illegible]

Nous avons lu votre manuscrit, qui n'a malheureusement pas retenu notre attention.
Votre roman est vraiment confus ! Une ribambelle de personnages que vous présentez vaguement, que vous laissez ensuite, et que vous reprenez quand l'envie vous prend d'avoir de leurs nouvelles. Même le roman « choral » suppose un système de renvois plus clair pour une meilleure circulation dans l'œuvre. Ici on ne voit pas à quoi vous voulez en venir, pourquoi on a droit tantôt à des considérations
Nous vous proposons de le réexpédier à réception d'une enveloppe préalablement timbrée pour un poids allant jusqu'à 500g.

Vous pouvez également le retirer à nos bureaux du lundi au vendredi de 10h30 à 19h30.

Dans tous les cas, il est impératif de nous rappeler vos coordonnées et surtout le numéro suivant : 1176

Attention, nous ne pourrons pas conserver votre manuscrit plus d'un mois après réception de cette lettre.

Avec nos regrets, nous vous prions de croire à l'expression de nos sentiments les meilleurs.

Le service des manuscrits

SARL de La Commune de la Butte-aux-Cailles au capital de 89 528 euros – R.C.S. Paris B 307013250 (76 B 05564)
Siret 30701325000047 APE 5811 Z – TVA FR 27307013250

sur le statut de la viande de cheval, puis des digressions sur les cinéastes de la première heure, et ainsi de suite.
Vous ne guidez pas votre lecteur pour le faire progresser dans le livre, et vous lui demandez trop d'efforts pour peu de récompense.

Éditions du Seuil

N/réf : 2180599 Paris, le 3 avril 2018

Monsieur,

Nous avons bien reçu votre manuscrit, *La Dévorante*, et nous vous remercions d'avoir songé aux éditions du Seuil. Malgré des qualités indéniables, nous n'avons pas été suffisamment convaincus par votre texte pour vous en proposer une publication.

Un éditeur n'est pas responsable des manuscrits qui lui sont spontanément adressés, ni tenu de les retourner. Mais, afin de vous permettre de poursuivre plus rapidement votre démarche, nous pouvons, si vous le souhaitez, vous réexpédier votre texte si vous faites parvenir au **Service des Manuscrits une enveloppe timbrée à votre nom et adresse.**
Passé le délai d'un mois, nous ne pourrons conserver votre manuscrit.

Nous vous prions de croire, Monsieur, à nos regrets ainsi qu'à l'assurance de nos sentiments les meilleurs.

Service des manuscrits

25, boulevard Romain-Rolland, 75014 Paris • Tél. 01 41 48 80 00 • www.seuil.com

SOCIÉTÉ PAR ACTIONS SIMPLIFIÉE AU CAPITAL DE 3.942.640 € - TVA FR 00542057724 - RC PARIS 542.057.724B - CODE APE 5811Z

Flammarion

Paris, le 17/05/2018

Vos réf : *La dévorante*

Nos réf : 2018/91399

Monsieur,

Nous avons lu le manuscrit que vous avez bien voulu nous faire parvenir. Malheureusement, votre texte n'a pas été retenu par notre Comité de Lecture et nous sommes désolés de ne pouvoir en envisager la publication.

Avec nos regrets, nous vous prions d'agréer, Monsieur, l'expression de nos sentiments les meilleurs.

Le Service des Manuscrits

N° enregistrement du manuscrit : 2018/91399
Date de refus : 17/05/2018
Nom:
Adresse:
Nous vous rappelons que la maison n'est en aucun cas responsable des manuscrits qui lui sont envoyés. Néanmoins, vous pouvez joindre à ce coupon les timbres nécessaires à son expédition, le tout **adressé au service des manuscrits (1, Place de l'Odéon, 75006 Paris). Il n'est malheureusement plus possible de venir chercher le manuscrit.**

Merci de n'envoyer ni chèque ni espèces.

SANS RÉPONSE DE VOTRE PART DANS UN DÉLAI D'UN MOIS, VOTRE MANUSCRIT SERA DETRUIT.

Flammarion S.A.
87, quai Panhard et Levassor • 75647 Paris Cedex 13
Tél. : (33) 01 40 51 31 00 et Fax (33) 01 43 29 21 48

Éditions du Seuil

N/réf : 2181900

Paris, le 30 juillet 2018

Monsieur,

Nous avons bien reçu votre manuscrit, *A corps perdus*, et nous vous remercions d'avoir songé aux éditions du Seuil. Nous l'avons attentivement étudié et il ne nous a malheureusement pas paru possible de le retenir pour publication. En effet, après lecture, il nous a semblé que nous n'étions pas l'éditeur le plus à même de le publier.

Un éditeur n'est pas responsable des manuscrits qui lui sont spontanément adressés, ni tenu de les retourner. Mais, afin de vous permettre de poursuivre plus rapidement votre démarche, nous pouvons, si vous le souhaitez, vous réexpédier votre texte si vous faites parvenir au **Service des Manuscrits une enveloppe timbrée à votre nom et adresse.**
Passé le délai d'un mois, nous ne pourrons conserver votre manuscrit.

Nous vous prions de croire, Monsieur, à nos regrets ainsi qu'à l'assurance de nos sentiments les meilleurs.

Service des manuscrits

25, boulevard Romain-Rolland, 75014 Paris • Tél. 01 41 48 80 00 • www.seuil.com
SOCIÉTÉ PAR ACTIONS SIMPLIFIÉE AU CAPITAL DE 3.942.640 € - TVA FR 00542057724 - RC PARIS 542.057.724B - CODE APE 5811Z

Éditions Gallimard

Paris, le 16 Août 2018

Monsieur,

Vous avez bien voulu nous soumettre votre manuscrit "A CORPS PERDUS". Nos lecteurs en ont pris connaissance avec attention.

L'avis qu'ils ont rendu n'est malheureusement pas favorable et il ne nous sera donc pas possible de retenir cet ouvrage pour nos prochains programmes.

Nous vous exprimons notre regret et vous prions de croire, Monsieur, à l'assurance de nos sentiments les meilleurs.

Le service des manuscrits
Le Secrétariat

Marie-Christine ROUSSILLON

PS. En raison du grand nombre de manuscrits que nous recevons, il nous est impossible de les renvoyer à nos frais. Si vous souhaitez récupérer votre ouvrage ayez l'obligeance de bien vouloir nous faire parvenir des timbres ou prévenir vingt-quatre heures à l'avance pour un retrait rue Gaston Gallimard. Les manuscrits non repris seront détruits après un délai de deux mois.

5 rue Gaston-Gallimard 75328 Paris cedex 07. téléphone 01 49 54 42 00. télécopie 01 45 44 94 03. www.gallimard.fr

RCS PARIS B 572206753. SOCIÉTÉ ANONYME AU CAPITAL DE 1 690 638 EUROS. NUMÉRO D'IDENTIFICATION TVA FR 19 572 206 753

JC Lattès

Paris, le 13 septembre 2018

Monsieur,

Merci de nous avoir communiqué votre projet :

A CORPS PERDU

Nous en avons examiné la possibilité de publication en comité de lecture. Celui-ci a malheureusement rendu un avis négatif quant à sa publication, vous nous en voyez désolés.

En vous remerciant de nous avoir communiqué ce texte, nous vous prions de croire, Monsieur, à l'expression de nos sentiments distingués.

Le Service des Manuscrits

PJ : Manuscrit

Éditions Jean-Claude Lattès - S.N.C. - Siège social : 17, rue Jacob, 75006 Paris
Tél. +33(0)1 44 41 74 00 - Télécopie (Fax) : 01 43 25 30 47 - web : www.editions-jclattes.fr
R.C. Paris B 682 028 659

P.O.L

Paris, le 21/09/18

Ref/ n° 181809

Monsieur,

Nous vous remercions d'avoir à nouveau pensé à notre maison et de nous avoir confié votre manuscrit intitulé : *A corps perdus.*

Malheureusement, cette fois encore, nous ne pouvons vous proposer de publication. Sans doute votre démarche est-elle trop éloignée de nos préoccupations, de nos options.

Avec nos regrets, nous vous prions d'agréer, Monsieur, l'expression de nos respectueuses salutations.

Éditions P.O.L

P.S. Le manuscrit restera à votre disposition dans nos bureaux pendant un mois ou vous sera réexpédié, à votre demande, par courrier ordinaire, contre l'envoi d'une enveloppe affranchie ou d'un chèque de 5€. Passé ce ***délai d'un mois****, nous ne pourrons plus assurer la conservation de votre manuscrit.*

Nos bureaux sont ouverts du lundi au vendredi de 9h30 à 13h et de 14h30 à 18h00.

33, rue Saint-André-des-Arts – 75006 Paris – Tél. : 01 43 54 21 20 – www.pol-editeur.com

P.O.L éditeur, S.A. au capital 730 517 € – R.C. Paris B 326.357.332 – N° T.V.A. : FR 83326357332 – Siège social : 33, rue Saint-André-des-Arts, 75006 Paris.

le dilettante
7, place de l'Odéon 75006 Paris
téléphone : +33 (0)1 43 37 98 98
télécopie : +33 (0)1 43 37 06 10
www.ledilettante.com

Paris, le 1. 10

M. Pierre Delobel

Nous avons lu votre manuscrit, qui n'a malheureusement pas retenu notre attention.

Ce roman tourne assez vite à l'absurde, sans qu'on comprenne s'il s'agit d'une parabole, cachant une explication plus complexe ou non. Il y a trop de confusions dans les personnages, on passe des uns aux autres sans développement sur leur rôle. Les histoires avec "l'ogre" ou les différents repas composés par Mary deviennent de plus en plus incohérents "Pour l'épépiner, Mary embrocha l'animal (..) Elle introduit les ongles de la main droite à la base du crâne afin de glisser ses doigts sous la peau et d'un geste puissant arracher le pyjama cendrée" p. 15. Une fois que vous utilisez un mot, vous le repetez ensuite plusieurs fois, par exemple p. 57, vous reprenez sept fois le mot "peur" sous toutes ses formes en l'espace de quinze lignes. Loin de donner un effet de symétrie, cela provoque plutôt une action cyclique, assez lassante. L'histoire est trop confuse.

Nous vous proposons de le réexpédier à réception d'une enveloppe préalablement timbrée au tarif de 4€80

Vous pouvez également le retirer à nos bureaux du lundi au vendredi de 10h30 à 19h30.

Dans tous les cas, il est impératif de nous rappeler vos coordonnées et surtout le numéro suivant : 1966

Attention, nous ne pourrons pas conserver votre manuscrit plus d'un mois après réception de cette lettre.

Avec nos regrets, nous vous prions de croire à l'expression de nos sentiments les meilleurs.

Le service des manuscrits

SARL de La Commune de la Butte-aux-Cailles au capital de 89 528 euros – R.C.S. Paris B 307013250 (76 B 05564)
Siret 30701325000047 APE 5811 Z – TVA FR 27307013250

Au verso : L'attention du lecteur est vite détournée et s'effrite.

Gmail

11 octobre 2018 à 16:51

belfond

Paris, le 11/10/18

Bonjour pierre delobel,
Nous avons examiné avec attention votre manuscrit "A Corps Perdus".

Malheureusement, celui-ci ne correspond pas aux orientations actuelles de nos collections.
Nous vous souhaitons de trouver un éditeur plus à même de publier votre ouvrage.

Si vous cherchez à partager vos écrits, faire lire votre texte à d'autres lecteurs, recueillir de nouveaux avis, nous vous suggérons de contacter notre partenaire IggyBook qui propose des services dédiés aux auteurs.
Suivez ce lien pour recevoir un accueil personnalisé.

Veuillez agréer nos salutations distinguées.

Le comité de lecture
Editions Belfond
www.belfond.fr

ÉDITIONS BERNARD GRASSET

61, RUE DES SAINTS-PÈRES - 75006 PARIS

TÉLÉPHONE : (33) 01 44 39 22 00
TÉLÉCOPIE : (33) 01 42 22 64 18

Paris, le 30 octobre 2018

Monsieur,

Nous avons bien reçu votre manuscrit,

A corps perdus.

Nous l'avons lu avec attention, et il nous a semblé qu'il ne correspondait pas à nos choix éditoriaux. En conséquence, nous ne pouvons pas en envisager la publication.

Nous vous remercions de la confiance que vous nous avez témoignée et regrettons de ne pas donner suite à votre attente.

Nous vous prions d'agréer, Monsieur, l'expression de nos sentiments respectueux.

Le service éditorial

P-S - Nous conservons votre manuscrit quatre semaines à compter de ce jour. Merci de nous faire savoir si vous souhaitez le retirer dans nos bureaux, auquel cas munissez-vous de cette lettre (9h-13h et 14h-17h), ou si vous préférez qu'il vous soit envoyé ; faites-nous parvenir un chèque de 6 € à l'ordre des éditions Grasset et Fasquelle, adressé au service des manuscrits

Merci de ne pas tenir compte de cette mention si vous avez déjà fait parvenir une enveloppe timbrée ou un chèque.

Société des Éditions GRASSET et FASQUELLE Société anonyme au capital de 746 396 €
SIRET 362 025 705 00014 - code APE 5811Z - RCS Paris B 362 025 705
N° TVA FR 55362025705 - www.grasset.fr

JC Lattès

Paris, le 25 août 2021

Monsieur,

Merci de nous avoir communiqué votre projet :

MARY ET IGNATIUS

Nous en avons examiné la possibilité de publication en comité de lecture.
Celui-ci a malheureusement rendu un avis négatif quant à sa publication, vous nous en voyez désolés.

En vous remerciant de nous avoir communiqué ce texte, nous vous prions de croire, Monsieur, à l'expression de nos sentiments distingués.

Le Service des Manuscrits

Pj : Manuscrit

Éditions Jean-Claude Lattès - S.N.C. - Siège social : 17, rue Jacob, 75006 Paris
Tél. +33(0)1 44 41 74 00 - Télécopie (Fax) : 01 43 25 30 47 - web : www.editions-jclattes.fr
R.C. Paris B 682 028 659

ÉDITIONS BERNARD GRASSET

61, RUE DES SAINTS-PÈRES - 75006 PARIS

TÉLÉPHONE : (33) 01 44 39 22 00
TÉLÉCOPIE : (33) 01 42 22 64 18

Paris, le 31 août 2021

Monsieur,

Nous avons bien reçu votre manuscrit,

Mary et Ignatius.

Nous l'avons lu avec attention, et il nous a semblé qu'il ne correspondait pas à nos choix éditoriaux. En conséquence, nous ne pouvons pas en envisager la publication.

Nous vous remercions de la confiance que vous nous avez témoignée et regrettons de ne pas donner suite à votre attente.

Nous vous prions d'agréer, Monsieur, l'expression de nos sentiments respectueux.

Le service éditorial

P-S - Nous conservons votre manuscrit quatre semaines à compter de ce jour. Merci de nous faire savoir si vous souhaitez le retirer dans nos bureaux, auquel cas munissez-vous de cette lettre (9h-13h et 14h-17h), ou si vous préférez qu'il vous soit envoyé ; faites-nous parvenir un chèque de 6 € à l'ordre des éditions Grasset et Fasquelle, adressé au service des manuscrits

Merci de ne pas tenir compte de cette mention si vous avez déjà fait parvenir une enveloppe timbrée ou un chèque.

Société des Éditions GRASSET & FASQUELLE Société anonyme au capital de 746 396 €
SIRET 562 025 705 00014 - code APE 5811Z - RCS Paris B 562 025 705
N° TVA FR 55562025705 - www.grasset.fr

Éditions du Seuil

N/réf : 2220811 Paris, le 18 avril 2022

Monsieur,

Nous avons bien reçu votre manuscrit, *Mary et Ignatius*, et nous vous remercions d'avoir songé aux éditions du Seuil. Nous l'avons attentivement étudié et il ne nous a malheureusement pas paru possible de le retenir pour publication. En effet, après lecture, il nous a semblé que nous n'étions pas l'éditeur le plus à même de le publier.

Un éditeur n'est pas responsable des manuscrits qui lui sont spontanément adressés, ni tenu de les retourner. Mais, afin de vous permettre de poursuivre plus rapidement votre démarche, nous pouvons, si vous le souhaitez, vous réexpédier votre texte si vous faites parvenir au **Service des Manuscrits (57, rue Gaston-Tessier – CS 50061 – 75166 Paris cedex 19) une enveloppe timbrée à vos nom et adresse.**
Passé le délai d'un mois, nous ne pourrons conserver votre manuscrit.

Nous vous prions de croire, Monsieur, à nos regrets ainsi qu'à l'assurance de nos sentiments les meilleurs.

57, rue Gaston-Tessier – 75019 Paris – 01 53 26 34 40
Société par actions simplifiée au capital de 3.942.640 € - TVA FR 10542057724 - RC PARIS 542.057.724B - CODE APE 5811Z

Chères maisons d'édition,

Merci pour vos lettres. Elles m'ont toutes touchées, en plein cœur.
Désolé pour le délai de réponse, je n'ai pas vu le temps passer.
25 ans déjà.

Les nouvelles que vous m'avez apportées ne sont pas bonnes et je prends acte de vos réticences. Les raisons de vos refus sont délicatement cachées derrière des lettres types, polies et prudentes pour le grand sensible que je suis trop souvent.

Je salue tout de même le courage de la maison d'édition Le Dilettante dans laquelle les lecteurs prennent le temps d'écrire une réponse manuscrite pour expliquer les raisons du refus.

C'est à la fois un beau cadeau et une vraie douleur car les arguments restent subjectifs et j'ai eu souvent la tentation de les discuter. Mais force est de constater que tout le monde a refusé mes romans durant toutes ces années. L'unanimité contre moi, j'ai déposé les armes.

J'ai eu, cependant, deux fois la satisfaction d'être encouragé.
Mon roman *"Le Porteur de Valises"* a bénéficié à deux reprises d'un avis positif en première lecture. Au moment de la décision finale, hélas, le texte a été écarté.

Fort de ces encouragements, j'ai osé autoéditer ce roman, trahissant ainsi un système qui me semble vertueux puisqu'un roman édité par une vraie maison est tout de même un gage de qualité.

Vous avez donc entre les mains mon deuxième texte autoédité. J'espère que vous me pardonnerez, chères maisons. Il s'agit d'un récit épistolaire racontant un amour sans retour. Le personnage principal reçoit pendant vingt-cinq ans des lettres qui l'éconduisent. Le style n'est pas exceptionnel mais chaque lettre porte en elle un parfum de mystère, un goût de trop peu. Le roman ne décolle pas de cette rythmique immuable. En creux, on peut ressentir l'enthousiasme du personnage principal s'effriter. Écrire un roman est un accouchement, le mot *« fin »* est, paradoxalement, un orgasme. Chaque lettre de refus est un râteau.

Puis arrive le neuvième roman, qu'il considère comme un aboutissement. Il sent qu'il a atteint l'apogée de son ambition artistique qui consiste à faire de la différence quelque chose de beau. Mais il reçoit derechef les mêmes lettres définitives. De lettre en lettre, sa confiance se brise.

Est-ce qu'il existe un éditeur pour les écrivains en miettes ?
25 années de râteaux ont eu raison de son courage.
Il se sent stérile. Andropause du stylo.

Finalement, le personnage fait ses adieux pour se libérer de ce rêve qu'il n'espère plus atteindre et qui devient un poids.

On apprend de ses échecs. J'avoue qu'en général j'apprends davantage de mes réussites. Je consolide mes acquis et je trouve la force d'aller plus loin. Je sais que vous ne cherchez pas à mettre en échec, vous voulez seulement trouver le bon livre. Nous ne nous sommes pas retrouvés sur un texte d'entente. J'ai appris de vous, dans la douleur, et surtout, j'ai appris à accepter d'abandonner un rêve.

La bise *(On peut se le permettre, ça fait 25 ans qu'on ne se connait pas.)*

Pierre

Cher lecteur,

C'est l'histoire d'un écrivain raté.
Est-ce pour autant l'histoire d'un mauvais écrivain ?

Je vous laisse juge en vous offrant quelques nouvelles primées lors de divers concours.

Amicalement, (car je me suis toujours représenté le lecteur comme un ami à qui l'on dit tout)

Pierre

Toute la famille,
toute.

Dans cette grande boîte noire, les souvenirs me reviennent.

La première fois que j'ai vu Mamie Suzanne, elle coupait du bois dans le jardinet qui précède l'entrée de sa maison. Elle portait le jogging rose Harvard que tout le quartier lui connaissait. Armée d'une scie sauteuse branchée à un enchevêtrement de rallonges rafistolées, elle attaquait une palette, le genou férocement posé sur une planche. La clope sur la commissure des lèvres l'obligeait à fermer l'œil gauche enfumé.
Elle toussait déjà, crachant parfois quand de la poussière de bois volait dans sa bouche, mais jamais ne cessait son ouvrage. J'étais fasciné, tant par l'éclat de sa tenue que par sa détermination.

Je restais là, affamé, contemplant le spectacle bruyant en cette matinée de printemps. De temps à autre, elle relevait la tête, me souriait du coin mobile de sa bouche et reprenait le travail. Une fois toutes les planchettes de bois rangées dans un carton, elle me fit signe de la suivre pour partager son petit déjeuner à l'intérieur. Au menu : du lait, du pain, un sucre et une volée du bois qu'elle venait de couper dans la cheminée. D'un regard, je demandais l'autorisation de m'assoir devant le foyer, elle accepta. Depuis, je ne l'ai jamais quittée.

Je manque d'oxygène dans cette caisse trop petite. On me trimbale. Je me concentre sur le souvenir de Mamie Suzanne pour éviter la panique. Il y avait toujours beaucoup de monde chez Mamie Suzanne.
D'abord sa fille, charmante, qui préférait son chat mais qui s'est tout de même présentée avec un sympathique morceau de saucisson. Je ne demandais qu'à être adopté. Ensuite les amies du quartier, que je connaissais déjà toutes pour avoir quémandé un jour ou l'autre un bout de quelque chose, un petit rien, je ne suis pas difficile.

Chez Mamie Suzanne, il y avait toujours un café chaud pour accueillir un voisin, une bière fraîche ou un verre de Suze. Dans le quartier, on disait de *« Mamie Suze »* qu'elle était rude, volontaire, solide, indépendante, mais que vous pouviez sonner à toute heure, il y aurait toujours un peu de soupe si besoin. Si j'avais su cela plus tôt, je n'aurais pas passé deux hivers à errer.

Mamie Suzanne recevait sans chichi. Souvent dans son jogging, parfois habillée simplement, toujours une clope au bec. Les beaux jours, elle passait le plus clair de son temps assise sur les marches de l'escalier de son entrée, à regarder le chaland, à passer le bonjour à madame, à demander des nouvelles du petit dernier, à s'enquérir de la grippe du monsieur du bout de la rue, à se désoler du décès de la veuve Machin et à guetter l'emménagement du petit couple.

Une femme de bonne volonté, une femme de volonté aussi. Mamie Suzanne n'était pas restée assise toute sa vie sur le perron de sa modeste location. Elle avait eu six enfants, trois maris, une dizaine d'emplois, et sans doute une centaine d'animaux domestiques à en croire l'état des gamelles sur lesquelles je me précipitais chaque jour. Elle avait refait, seule, sa terrasse à l'âge de soixante quinze ans, tricotait merveilleusement, cousait rapidement et jardinait comme un homme.

Pourtant, son plus grand plaisir était sans doute d'entendre les nouvelles d'un quartier qu'elle habitait depuis plus de cinquante ans. Elle connaissait tout le monde, tout le monde la connaissait. Elle était une figure, certains l'appelaient *« La Suze »* parce qu'elle était la seule à en acheter chez l'épicier, d'autres *« Mamie »* à cause de ses nombreux petits-enfants, personne ne l'ignorait.

Mamie Suzanne avait confiance en l'avenir, tout simplement. Pour elle, le bonheur était quotidien et les difficultés toujours temporaires. Elle se contentait de sa vie, récupérait le bois pour compenser sa maigre retraite, mangeait ce qui lui faisait plaisir, regardait peu la télévision *« le monde est plus beau en vrai »*. Elle n'avait pas peur de l'avenir parce qu'elle savait qu'« en se contentant de peu on peut toujours se satisfaire ». J'aimais passer mes journées à ses pieds. Parfois, quand une cendre froide tombait sur mon museau, je recevais une caresse aussi salvatrice qu'affectueuse.

Parfois, quand un coup de chausson frappait mon dos, j'entendais son humble pardon. Parfois, de plus en plus souvent, une quinte de toux venait perturber mon sommeil.

Et puis un jour, bien sûr, sa respiration s'est affolée, sifflante, crachante, hurlante. Je le sentais arriver ce jour de ténèbres. Je le voyais venir ce jour de tonnerre précédant les sirènes. Les hommes en blanc sont venus l'emporter vers une maison où les chiens ne sont pas acceptés. J'avais déjà connu cela chez la veuve Machin mais cette fois j'espérais que la fille ne me chasserait pas.
Toute la famille a débarqué. Les deux sœurs, les quatre frères et leurs enfants. Une joyeuse bande malgré la tristesse des regards. Je gardais le coin du feu, qui, à défaut d'être calme, me permettait de recevoir de nombreuses marques d'affection, caresses, saucisson, morceaux de sucre et de temps en temps le baiser d'un enfant.

Chacun leur tour, les membres de la famille sont allés rendre visite à Mamie Suzanne. Jusqu'au bout, finalement, elle a conservé cette habitude de recevoir. Je voyais, à la mine déconfite des enfants qui revenaient de l'hôpital qu'elle n'allait pas bien. Parfois, on me prenait dans les bras pour consoler sa peine et la mienne. Les jours se sont écoulés dans cette atmosphère si particulière qui précède au déluge. Et puis, j'ai vu arriver une grande valise.

Devant moi, elle a été posée au sol, ouverte. On m'y a poussé et soudain le noir. Enfermé dans ce cercueil. Ma respiration accélérée. La peur. Mon aboiement qui résonne. Le bruit étouffé des voix. Des mouvements brusques qui me projettent sur les parois cartonnées. Un rai de lumière dans lequel je place mon museau pour ne pas étouffer. Le rythme fou de mon cœur. Un voyage tellement long que je ne sais plus m'orienter. Tout à coup, le calme, encore plus angoissant finalement. Aucun bruit, seulement une porte que l'on ferme au loin et puis cette voix : *« Tu sais que les chiens sont interdits ici. Va falloir être discret. J'ai dû l'enfermer la pauv' bête. Je crois que personne n'a rien remarqué. »*

Le bruit métallique des serrures que l'on ouvre et la lumière blanche, vive, froide. Je suis aveuglé. Des mains chaleureuses me prennent et je vois le regard de Mamie Suzanne comme une décharge d'amour dans mon cerveau canin. Une bonne âme m'a amené clandestinement dans la chambre de Mamie Suzanne. Une odeur de formol, de citron et de shampoing sec ternit un peu nos retrouvailles. Elle a l'air fatigué. Ses cheveux d'argent qu'elle a su garder si longs sont cachés par un bonnet de papier vert, renforçant son teint gris. Et puis je vois cette larme dans l'œil gauche de Mamie Suzanne, celui qu'elle gardait si souvent fermé à cause de sa cigarette. Alors moi aussi je pleure.

« Toute la famille, toute » avait demandé Mamie Suzanne, *« le chien aussi »*. Telle fut sa dernière volonté.

Retour de flamme

Il a dit *« ça pue »* et il a vomi. Ce jour-là, j'ai su que je n'étais pas une enfant comme les autres. L'odeur de putréfaction qui s'échappait de la masse sombre, cachée au fond du fossé, ne me dérangeait pas, moi. Un mélange de vinaigre, d'iode, de beurre rance, de fruits pourris et du vieux whiskey de papa. Une puanteur âcre si puissante qu'elle laissait au fond de la gorge un goût amer. Pourtant, je ne vomissais pas, contrairement à Jacques en train de gésir à quatre pattes. Le spectacle du sang séché, de la graisse fétide, des tripes faisandées, des selles baignant dans l'eau croupie, tout cela joliment habité de milliers d'insectes nécrophages et de larves, me laissait impavide. Une phrase de mon grand-père, l'agriculteur, me revenait :
« Dans les tranchées, ça sent presque comme daans une porcherie, surtout que l'cochon mort, il pue pareil qu'un cadavre humain. Une infection ! On avait enterré les camarades à cinq cents mètres de là, et on est restés si longtemps au même endroit qu'à force… J'étais content, tu vois, quand les Allemands nous ont fait reculer parce qu'ils ont hérité d'un beau merdier à not' place. »

Devant cette charogne, j'ai compris que je n'étais pas comme les autres, et surtout pas les filles, parce que j'aimais cette puanteur. Droite dans ma longue robe à fleurs légèrement verdie aux genoux et aux fesses, fascinée par cette odeur pestilentielle, je la laissais entrer par tous les pores de ma peau. Je la buvais. Je m'y baignais. J'avais des sensations dans le ventre, mais ce n'était pas l'estomac, c'était le plaisir. Je ne sais pas combien de temps je suis restée là, envoûtée. Le temps pour Jacques de revenir avec son père et l'équarrisseur. Il ne s'est pas trompé quand il m'a vue : *« Toi, t'es faite pour ce métier.»*

Les odeurs sont affaires de contexte. La mer pue le poisson, le varech, les embruns comme le pet d'un vieux chat et pourtant, on se régale du grand air marin. Quand un vieux fromage fouette comme des chaussettes humides, on lui réserve la meilleure place sur le plateau. On lui trouve du caractère, du fumet et on se pourlèche les moustaches, elles-mêmes réceptacle de nourritures oubliées. On aime enfoncer son nez dans la fourrure d'un chien sous prétexte que c'est doux, en occultant les relents de poils lavés à la salive. Des crustacés à table ouvrent l'appétit et trente minutes plus tard, on dépose un sac hermétiquement fermé au fond de la poubelle en se pinçant le nez. Dans les années soixante, mon père s'est acheté une Peugeot 403. Je me souviens de ma mère admirative qui m'invitait à la rejoindre près du pot d'échappement : *« Ça change de l'essence, tout de même, ça sent bon ! »*

J'étais une fille apparemment comme les autres. J'allais à l'école des filles. Je chantais dans la rue avec mes camarades lorsque nous allions au stade municipal pour nos deux heures de gymnastique. Enfant unique, je savais jouer seule ou écouter mes parents discuter à table. La couture n'avait pas de secret pour moi. On m'interdisait de porter des pantalons. Je mâchais du chewing-gum en cachette.

En 1968, j'ai perdu mon pucelage dans l'enthousiasme de la révolution sexuelle et l'ennui des grèves estudiantines. J'avais vingt ans, Bernard vingt-cinq. Un hippie qui avait décidé de quitter la ville, ses parents et le confort d'une maison bourgeoise. Depuis presque un an, il vivait dans une baraque au milieu des prairies où son collectif baba-cool faisait paître des chèvres. Avec un millier d'étudiants, je me dirigeais vers la place du marché en scandant joyeusement des slogans vindicatifs. Paradoxe des manifestations, parfois les cris de joie prennent le pas sur la révolte.
Nous avons envahi les halles, nous dispersant pacifiquement parmi les étals. Je fus attirée par celui de Bernard. Sur sa modeste table, quelques fromages trop puissants faisaient fuir les dames qui préféraient élever leurs enfants à la Vache Qui Rit et au Carré Frais Gervais. Je me suis arrêtée, laissant le flux humain s'éloigner doucement vers la mairie et le peloton de CRS. Bernard m'a souri : *« Tu vas voir, c'est un vrai voyage. On fait tout à la main. »*

Effectivement, le fromage à peine en bouche, j'ai été transportée au cœur d'une chèvrerie. Les parfums saturés ont tapissé mon palais puis mes narines. *« L'important, c'est de bien filtrer le lait caillé. Moi j'aime bien aussi allonger un peu l'affinage, ça donne du goût ».*

J'étais aux anges quand la première explosion lacrymogène s'est fait entendre. Un nuage au loin. Une ruée de jeunes dans notre direction. Bernard a pris une cagette et s'est précipité vers sa 4L. Sans réfléchir, j'ai fait de même. Nous avons embarqué la table pliante juste avant de nous enfermer dans l'habitacle. Quand un garçon a été projeté sur ma portière, j'ai bondi dans les bras de Bernard. La peau de chèvre qui couvrait ses épaules sentait délicieusement la bête, la cendre froide, la paille humide, la bière, le cuir et la sueur. Je me suis un peu trop attardée. La main de Bernard est venue caresser les petits cheveux noirs de ma nuque. J'ai enfoncé mon nez dans son cou pour respirer profondément le musc. Il se lavait avec un savon naturel et sans parfum, fabriqué par sa voisine selon une recette de grand-mère.

Quand nous nous sommes embrassés, son hygiène déplorable a été un émerveillement. Il avait l'haleine avinée, fromagère et probablement une ou deux caries. Une fois la foule dispersée, il a démarré pour prendre la direction d'un sous-bois dans lequel il devait déjà avoir emmené quelques conquêtes. Pour puissante qu'était son odeur, ses gestes étaient très doux. Il m'a allongée sur l'herbe tendre. Il a retiré son gilet de peau, je l'ai glissé sous ma tête, prétextant un besoin de confort. *« Tu préfères peut-être qu'on retourne dans la voiture ? »* Oui. Je me suis précipitée dans l'habitacle empli du parfum des fromages. J'ai glissé la peau de chèvre sous mon nez. Je me suis offerte au plaisir. J'ai cru que j'avais connu l'orgasme, tellement la sensation fut forte.

En mon for intérieur, j'avais compris depuis longtemps qu'il me fallait des conditions particulières. Je ne sais pas qui, de Bernard ou de moi, a le plus utilisé l'autre pour arriver à ses fins. En cet après-midi de mai, quand j'ai refermé la portière après l'avoir remercié de me déposer à deux pas de la librairie, j'étais à la fois heureuse de ne plus être vierge et anxieuse d'en savoir un peu plus sur mes fantasmes.

J'ai longtemps vécu avec la certitude que j'étais anormale et, par conséquent, inapte à la vie en communauté. Chaque amitié naissante me paraissait vouée à l'échec si bien que je ne m'investissais pas beaucoup. Pourtant, Monique, Jeanne, Sylvie, Catherine, Rosine, Madeleine, j'aurais pu être votre amie. Vous m'avez ouvert vos bras quand mon grand-père est mort, et j'ai pleuré.

Combien de fois m'avez-vous invitée à venir prendre une bière pour nous émanciper ? À vos confidences, j'ai répondu par quelques timides aveux avant de m'éloigner. Vous sentiez bon, vous étiez belles et je m'évertuais à vous trouver superficielles pour échapper à notre amitié. J'ai abandonné les robes à fleurs. L'odeur du mouvement hippie me convenait tout à fait, mais la décoration psychédélique ne me ressemblait pas. J'ai également cessé de porter du parfum. On s'éloigne de notre nature animale pour se couvrir de senteurs végétales. C'est très naïf.

Lorsque je me rendais à l'église le dimanche matin, j'avais l'impression d'entrer aux bains-douches. J'attendais impatiemment l'encens. L'après-midi, les réunions secrètes de jeunes filles dans les boudoirs, alors que les hommes se retrouvaient au salon, était une infection. Comment peut-on paraître femme en se couvrant d'arômes infantiles ? Le monde est un vaste bocal d'alcaloïdes soporifiques. Heureusement, six jours par semaine, je pratiquais le merveilleux métier d'équarrisseur.
Pas de féminin à ce métier, allez savoir pourquoi. J'étais affectée au tri et au nettoyage. Impossible pour une femme de prétendre à la conduite du camion de ramassage, à la découpe, aux broyages des dépouilles, à l'incinération... Mon rôle consistait à réceptionner le camion et à orienter les gars selon le chargement. Les matières à faible risque, comme les bêtes fraîchement mortes, étaient transformées en farine pour animaux. Les matières à haut risque étaient traitées chez nous. Il s'agissait de produits avariés que nous brûlions dans nos fours. En fin de journée, je lavais à grande eau les sols, le matériel et les camions, c'était le meilleur moment.

Après le travail, je passais par la librairie pour embrasser mes parents, parfois donner un coup de main parce qu'ils commençaient à être moins en forme. Mon père, à force de lire nuit et jour, avait le dos courbé et les bras mous. Ma mère, enchaînant les cigarettes à longueur de journée, avait perdu son souffle. Armée de mon mètre soixante-deux et de mes cinquante-quatre kilos, je montais les stocks à l'étage chaque mardi soir, jour de livraison. Parfois, je dînais avec eux. Le plus souvent, je rentrais chez moi, dans le petit appartement de la rue Émile Zola. J'étais profondément seule. Mes amies avaient presque toutes rencontré un garçon. Certains d'entre eux s'étaient d'abord intéressés à moi, mais je les avais éconduits. Pour être célibataire à vingt-cinq ans, il faut être moche ou difficile. J'étais jolie. On me l'avait souvent dit avec un bouquet de fleurs. C'était mal me connaître. Je voyais bien où le regard des hommes se posait quand je passais devant eux. Alors, je me cambrais, comme sous l'effet d'une décharge électrique. Mauvais réflexe, cela accentuait encore la chute de reins que j'avais héritée de ma délicieuse maman. Les clients en raffolaient quand je devais monter sur l'échelle pour aller chercher le dernier exemplaire des Trois Mousquetaires en haut du rayon « classiques ». Je lisais dans le regard de mon père que ce jeune lettré serait un bon parti. Il m'encourageait à lui sourire, ce que je faisais docilement. Mais très vite, au moment de l'encaissement, je humais le parfum d'un homme soigné. Mon corps m'abandonnait. J'étais différente.

De temps en temps, je me laissais faire par l'un de ces garçons qui me fréquentaient, un peu comme on prend une tisane au lieu d'un rhum. Les années avaient passé depuis Bernard, les coups d'un soir aussi. Déjà, ma réputation était faite. *« Elle doit avoir un problème avec les hommes. » « La pauvre, elle a grandi dans une librairie. Toutes ces idées qu'on a dû lui mettre dans la tête… »* Sans verser dans la dépression, j'étais tout de même affectée.

Le bal du 14 juillet est un feu d'artifices olfactifs. Sous prétexte de fête, on double la dose. Pourtant, le parfum n'est pas une question de quantité, mais de proportion. Ce devrait être un art, c'est une industrie. Je préfère l'agriculture. Quand mille cinq cents jeunes se badigeonnent le corps avant de s'agiter sur les rythmes effrénés d'ABBA puis de se coller sur L'été indien ou J'ai encore rêvé d'elle, cela donne une soupe écœurante qui vous ferait détester l'année 1975. Soudain, Hervé est entré dans la salle des fêtes. Sapeur-pompier d'une petite trentaine d'années, il macérait dans son uniforme et sous son casque depuis dix-sept heures. Quand Jeanine a fait une syncope au son des Bee Gees, il a volé à son secours, laissant derrière lui des vapeurs envoûtantes. J'observais la scène de loin. Lorsque j'ai vu qu'elle refusait le bouche-à-bouche avec une moue de dégoût, j'ai su ce que je devais faire. J'ai laissé passer Claude François, Nicolas Croisille, Renaud, Dave et Le zizi de Pierre Perret. Puis Elton John est arrivé et je me suis lancée. Les bras en l'air sur Island girl, je squattais la piste côté sortie de secours. Soudain, prise de je-ne-sais-quelle bouffée de chaleur, j'ai titubé en me tenant le front, avant de m'effondrer dans les bras du garçon qui me semblait le plus enclin à paniquer.

L'effet a été immédiat. Le jeune homme a crié sous mon poids et devant ma perte de connaissance digne de l'Actors Studio. J'ai senti Hervé se précipiter, son odeur m'envelopper autant que ses bras. Quand il a posé son oreille sur mon décolleté, j'ai respiré son haleine savoureuse jusqu'à ce que la tête me tourne et que je perde vraiment connaissance. Quelques instants plus tard, allongée sur la civière, je me suis délectée de ce premier moment avec lui. Pour m'empêcher de me relever, il avait posé délicatement sa main sur mon ventre. Il me chuchotait une série de questions protocolaires et semblait émerveillé par mes réponses. Pendant ce temps, ses collègues prenaient en charge les autres urgences.
La conversation est devenue privée, j'ai appris qu'il était le fils cadet de Josette et Gustave Descamps, propriétaires de la boucherie chevaline rue Voltaire, juste avant qu'il ne se décide à m'embrasser.

Le mardi soir suivant, je l'accueillais dans mon lit. En le déshabillant, je découvris ce corps athlétique et aromatique. Un cocktail immonde, acre, rance, aigre, bestial et lourd. J'étais ivre de lui. Tout mon être le réclamait et particulièrement mon nez. Je me donnai à lui et découvris l'orgasme. Comment ai-je pris mon pied ? J'ai saisi le sien et l'ai porté à mes narines. Nous n'avions pas besoin d'en dire plus, nous savions que nous étions faits l'un pour l'autre. Hervé sentait si mauvais que le célibat semblait lui être promis. Il avait beau prendre un bain chaque matin, rien n'y faisait. Quinze minutes de sudation suffisaient à me le rendre parfait. Côté alimentation, il bénéficiait d'un métabolisme absolument merveilleux, digérant mal, surtout le saucisson d'âne à l'ail que sa maman lui glissait dans sa gamelle *« pour partager avec les collègues, hein »*. Quant à l'uniforme hermétique et ignifugé qu'il portait toute la journée, il était impossible à laver et conservait précieusement les molécules odoriférantes des trois dernières années. Grand blond aux yeux bleus, tout en muscles, Hervé était la gentillesse incarnée, le dévouement fait homme. Personne n'appréciait sa présence nauséabonde, tout le monde lui reconnaissait de grandes qualités humaines. Ses collègues l'appelaient le Chacal. Il l'acceptait de bonne grâce : *« Ils auraient pu me surnommer le Putois. »*

Avant de nous rencontrer, nous vivions en marge de la société, séparément. Nous avons continué, ensemble. J'avais peur que nos tares soient ataviques. À ma grande joie, Juliette sentait le bébé et détestait les mauvaises odeurs.

Elle semblait pourtant supporter son père, l'habitude sans doute, de même que son doudou qui fleurait bon la salive séchée et le vomi lacté.

Quant à Paul, il me fit comprendre très tôt qu'en rentrant du travail, je devais me doucher et me changer, avant de lui infliger le même rituel. Notre fils commençait à peine à marcher quand l'accident s'est produit. Je me souviendrai toujours de ce jour de septembre 1981, quand j'ai vu, par la fenêtre, le camion se garer devant la maison et le lieutenant-colonel en descendre, tête baissée. Je ne sais pas comment j'ai trouvé la force d'ouvrir la porte. Pas un mot. Ses yeux rouges. Le carillon de la sonnette résonnait encore quand je me suis écroulée dans les bras du chef de caserne. Ma tête a percuté son casque doré. Un incendie. Une explosion qui avait déclenché l'effondrement du plafond sous lequel Hervé se trouvait : *« Mes équipes sont en train de déblayer les décombres pour le retrouver. »*

La vie s'arrête. Le cœur s'arrête. Le bruit s'arrête. Les jambes s'arrêtent. On est comme extérieur à soi-même. On se voit sur le palier de la maison, soutenu par un uniforme. Les enfants pleurent parce que maman pleure. Ils tremblent, leur goûter à la main. On se voit s'agenouiller pour les prendre dans les bras, les embrasser et leur dire que papa a eu un accident, mais qu'il ne faut pas pleurer, *« papa est fort »*. On entend ces mots. On se comporte comme une mère, alors qu'on n'est plus que cendre. Combien de temps le lieutenant-colonel est-il resté sur le tapis *« Bienvenue »* ?
Je ne voyais que sa silhouette à contre-jour, rendue trouble par les larmes. Je n'ai pas eu la force de mettre les enfants en pyjama. Nous nous sommes couchés dans mon lit tous les trois et j'ai écouté la respiration de mes bébés. S'ils n'avaient pas été là, je ne sais pas si je serais encore là.

Le lendemain, j'étais un fantôme quand maman est arrivée. Elle a pris en main la maison, les enfants, m'a forcée à manger. Deux uniformes sont venus me chercher. J'ai reconnu le lieutenant-colonel. J'avais perdu tout repère. Je me laissais guider. J'ai croisé mes beaux-parents qui ont mouillé mes joues en me serrant si fort. Je me suis retrouvée dans une pièce exigüe, à la morgue. Hervé était allongé sous un drap. Je me suis assise sur la seule chaise et j'ai crié. Un long cri assourdissant, résonnant sur les murs blancs. Un cri qui me faisait mal mais me faisait du bien, jusqu'à ressentir un goût de fer au fond de la gorge. Personne n'a ouvert la porte. Je voulais rester seule, dans l'odeur de désinfection et de peau brûlée. Ne quittant Hervé que par nécessité, *« première porte à droite »*. Un plateau-repas à mes pieds, une bouteille d'eau.

Des visiteurs entraient, me prenaient la main, restaient un moment en silence et quand je levais les yeux, d'autres personnes étaient à mes côtés. Je n'avais aucune notion du temps dans cette pièce sans fenêtre. Puis quelqu'un m'a demandé de sortir, j'ai aboyé si fort qu'il s'est enfui. Le lieutenant-colonel est entré à son tour. Il a déployé tous les arguments pour me convaincre : les enfants, l'embaumement nécessaire, la loi...

j'ai obtenu un répit. Le silence, de nouveau. Il devait faire nuit. Et soudain, j'ai pris conscience d'une odeur. Mon nez si affûté aux pestilences morbides. Mais cette fois, l'effluve ne venait pas d'un corps animal. Je l'avais étreint, je l'avais aimé. J'avais encore au creux de mes yeux les images de notre dernière nuit. Dans mon cou, son souffle, sur mes mains, le grain de sa peau. Son sourire quand Paul marchait vers lui. Ses bras tendus pour câliner Juliette. Nous étions uniques l'un pour l'autre. Cette puanteur me poignardait. Mon ventre se pétrifiait. Un haut-le-cœur. Puis un deuxième.

Accroupie devant la cuvette, l'estomac retourné, les narines dilatées de dégoût, j'ai vécu la guérison la plus brutale de ma vie. Plus jamais je ne pourrais supporter cette odeur, ni même toutes les puanteurs qui me rappelleraient Hervé, comme on ne peut plus entrer dans la chambre de son enfant décédé. Il venait de me guérir. Son dernier geste d'amour, malgré lui.
J'ai décidé de rentrer. À pied. J'avais besoin de respirer la nuit humide. Mais l'odeur de mort persistait, insupportable, insurmontable. Je pleurais. Chaque inspiration était chargée du souvenir d'Hervé ; chaque pas, une tentative d'éloignement. J'ai traversé le parc pour purger mon nez.

Le parfum de l'herbe tendre, quelques fleurs, la boulangerie au coin. Je suis arrivée chez moi épuisée, silencieuse et renaissante. Un bref passage par la salle de bains, maman dans le couloir, un regard, nous nous sommes enlacées. La chaleur de ma mère, son eau de Cologne. Je ne pleurais plus. J'ai retrouvé la chambre des enfants, ai longuement reniflé les cheveux de Paul et me suis endormie dans le lit de Juliette.

C'était il y a cinq ans.
Cinq ans pour accepter.
Cinq ans pour reprendre vie.
Cinq ans pour tout changer.

Il y a quelques mois, j'ai ouvert une boutique dans une rue adjacente à la librairie. La reconversion a été longue, mais la formation de fleuriste est plus complexe qu'il n'y paraît. Les enfants grandissent bien. Ils trouvent que maman sent bon tout le temps. Il est rare que je rencontre des hommes ici. Souvent, ils viennent acheter des fleurs pour une autre. Pourtant, celui qui vient de passer est venu pour moi. Jean-Louis. Il m'a laissé un petit cadeau. Un livre. Le Parfum, de Patrick Süskind. Je crois qu'il a tout compris, celui-là.

Sans un mot

Il arrive parfois qu'un instant de beauté éclaire un trajet de métro. Parfois. Elle s'est approchée de moi, station Odéon, pour saisir la même barre au milieu d'une foule compacte, j'ai osé espérer.

Blonde, délicatement parfumée, calme, fine sous son duffle-coat bleu marine ajusté à la taille, un faux air de Mélanie Laurent mais avec les yeux bleu clair, dangereusement bleus et clairs.

Je suis marié, j'aime éperdument mon épouse mais j'apprécie la présence d'une belle femme à mes côtés. Mes yeux s'en délectent. Je me laisse la possibilité d'une émotion. Cela ne va jamais plus loin. Sauf cette fois. Elle changea de prise sur la barre et lorsque sa main gauche redescendit le long du corps elle percuta la mienne. « Pardon » me mima-t-elle du bout des lèvres. J'eus l'impression que ses yeux s'attardaient un peu sur moi, quelques secondes de plus que d'ordinaire, quelques secondes à saisir. Je ne sais pourquoi j'ai risqué ce trait d'humour : *« Je n'ai rien senti mademoiselle, c'est une prothèse »*.

Elle pouffa.

Je me sentis soudain beau. Et puis, tout en continuant à sourire, elle reprit sa digne posture, le regard perdu dans le vide. J'étais heureux. Il arrive parfois qu'un instant de beauté éclaire un trajet de métro. Il arrive exceptionnellement d'en être l'auteur.

Quand Montparnasse-Bienvenue s'est présenté, j'ai reçu une pichenette au dos de la main. Oui, une pichenette, comme celle que nous faisions enfant sur l'oreille du premier de la classe quand le maître écrivait au tableau.

Surpris, je jetais un bref coup d'œil plongeant au-dessus de mon épaule. Cachées par la promiscuité de nos manteaux, nos deux mains, dans les replis du tissu, comme derrière un rideau, pouvaient jouer leur pièce à huis-clos. Je ripostais donc d'une chiquenaude retenue. La réplique fut immédiate, elle saisit mon index pour le tordre. Je me libérais avant que la douleur ne m'oblige à mettre genou à terre puis entrepris de lui attraper la main entière pour l'immobiliser. Je serrais au creux de ma paume ce précieux morceau d'elle. Enthousiaste comme au premier baiser. Atteint d'une érubescence soudaine. N'osant lui faire face.

Elle relâcha sa tension à l'approche de Raspail et je compris qu'il me fallait la libérer. Les portes s'ouvrirent mais elle ne bougea pas. Toujours son regard impavide, toujours ce sourire à la commissure, toujours nos mains chaleureusement proches dans leur théâtre de feutre.

Le wagon reprit son mouvement et je sentis sa main effleurer la mienne. Ses ongles me caressaient, ses phalanges crochetaient mes doigts pour les amener à elle. Nos doigts se mêlèrent dans une chorégraphie sensuelle. Sa dextérité m'étonna, m'envouta, me transporta. Je ne pus retenir un regard et me perdis dans sa chevelure claire. Elle ne bougeait pas, constante. Comment pouvait-elle à ce point maîtriser ses émotions ?

Elle me mentait en n'osant me regarder. Nous mentions effrontément à tous en cachant notre comédie aux yeux des usagers. Je me mentais à moi-même aussi, depuis ce premier mensonge de la prothèse. J'aimais cela, je ne savais pas encore que ce n'était qu'un début.

Denfert-Rochereau me rappela à la réalité, à la terrible finitude de ce voyage. Du regard, j'embrassais la rame et contemplais mes contemporains. Chaque passager vivait ici son histoire, sans qu'elle ne fut le moins du monde perturbée par celle du voisin. L'anonymat poussé à son comble. Aucun échange, aucun témoin.

Nous dansions sous le tissu. Nous dansions station Mouton-Duvernet. Nous dansions dans une improbable harmonie. Qui aurait osé ce que nous réalisions ? Qui l'aurait vécu ? Qui pourrait le comprendre ? Une chance sur combien de tomber sur mon âme sœur de l'humour, de la clownerie, de la désinvolture… Nous étions seuls au monde à cet instant.

Seuls au monde, les pieds suspendus au dessus du sol. J'avais 5 ans, j'avais 15 ans. J'aurais aimé que le temps s'arrête. J'aurais accepté avec délectation qu'un suicide immobilise le trafic pendant des heures.

Alésia approchait, il ne restait plus que trois stations avant Mairie de Montrouge. Avant l'ouverture des portes j'empoignais sa main. Elle ne bougea pas un cil et j'eus alors la certitude que nous irions jusqu'au bout tous les deux. Je libérais mon étreinte et nos doigts reprirent leurs arabesques. Le velours de sa peau m'envoutait. Je n'osais plus lever les yeux. Si je devais croiser à nouveau son visage, je pense que j'aurais enlacé sa nuque, dévoré sa bouche, parcouru le moindre centimètre de son corps avec gourmandise.

J'appréhendais la fin, celle des adieux. Ma vie allait être bouleversée après la Porte d'Orléans qui se présentait maintenant. Quelques secondes encore avant la fermeture des portes, quelques secondes avant la certitude du déluge. Au moment de la sonnerie annonçant le départ, elle bondit hors de la rame et une vitre vint se glisser entre nous.

Je me jetais contre la paroi et je lus pour la première fois de la tristesse sur son visage. Il me demandait pardon, soudain accablé par la désolation et peut-être la honte. Le métro démarrait, ses yeux graves, ses lèvres pâles, ses joues ankylosées, sa silhouette s'éloignait, son regard attaché au mien par un câble s'effilochait lentement jusqu'à la rupture.

Je me retrouvais seul, confiné dans cet espace vibrant d'hostilité. Je découvrais qu'il ne restait que peu de voyageurs autour de moi, partageant le même parfum de sueur et de gomme brulée. Mes mains éclairées par la lumière crue me semblaient vides, perdues, comme étrangères.
Je palpais mon corps… pour me rassurer peut-être, je ne sais pas. Je reprenais conscience. Conscience de moi, conscience des autres, conscience de la réalité, conscience qu'à l'intérieur de mon manteau mon portefeuille manquait.

Son visage me demandait pardon, soudain accablé par la désolation et peut-être la honte. Chaque passager vivait ici son histoire, sans qu'elle ne fut le moins du monde perturbée par celle du voisin.

Il arrive parfois qu'un instant de beauté éclaire un trajet de métro.

Parfois.

Mon père est un Shadok

Mon père est un Shadok. Une boule, avec deux grands yeux rieurs, un nez pointu et une grande bouche, juchée sur deux fragiles échasses, ses jambes. En short ? Jamais ! Il sait trop que le ridicule peut tuer. Ses cannes trop fines ne toucheraient pas le tissu, de sorte qu'un œil un peu aguerri pourrait facilement lui voir la poche du slip. Il ne s'habille donc qu'en costume. Ce qui lui confère, sinon une certaine élégance, au moins la dignité de camoufler ses tiges maigres et son tronc rond.

Évidemment, il a deux bras aussi, collés au milieu, sans vraiment de buste. Heureusement, toutes ses vestes sont renforcées aux épaulettes. La veste de costume, c'est le Wonderbra des hommes. N'importe quel gringalet dans un bon costume aura le dos bien droit et bien large. Les bras de mon père sont trop fins, presque trop fragiles pour embrasser ses proches aussi fort qu'il le souhaiterait. Alors, il a trouvé un subterfuge : il parle comme personne, il trouve les mots qui touchent. Il sait dire.

À mi-chemin entre le poète et le philosophe, il ne se lasse jamais d'exprimer ses idées, d'expliquer ses convictions, d'exposer ses opinions. Par-dessus tout, il aime échanger, partager, discuter… Et derrière chaque mot, il cache un sentiment délicat. Ses mots sont des boîtes transportant les cadeaux du cœur. Chaque idée est un don fait à ses enfants pour les renforcer, les armer et les construire. Les mots sont des wagons qu'il ne suffit pas d'attacher les uns derrière les autres encore faut-il les charger pour que le convoi soit plus dense. Les charger de sens, d'émotion, de vie, de sentiments ; les charger tout court, tout au long de la vie.

En une heure, mon père peut livrer généreusement des années de réflexion tout en glissant une note d'humour, quelques intonations bien senties pour garder l'attention de son auditoire et un message de paix caché dans un tiroir. Demandez-lui pourquoi, alors que chacun de nous est logique, tous ensemble, nous faisons des choses absurdes. Demandez-lui pourquoi le mot synonyme n'a pas de synonyme. Parlez-lui de cette voiture équipée d'un système recyclant l'énergie dégagée par les roues au moment du freinage... Et demandez-lui si, pour aller plus vite, il faudrait qu'elle freine plus souvent. Discutez avec mon père et vous entendrez un murmure pudique, c'est l'amour qui se diffuse, soigneusement camouflé sous des mots anodins ou des idées parfois sibyllines.

Comme tout bon Shadok, mon père avait, quand j'étais petit, un puits qu'il creusait et pompait pour trouver… du pétrole. Il n'avait pas besoin d'idées, il en avait plein la tête ! Souvent, il revêtait un bleu de travail taillé pour lui et pour lui seul, pour lui éviter le ridicule, avant de disparaître au milieu du jardin. Je l'entendais gratter la terre un long moment, parfois toute la journée et je le voyais remonter bredouille. Au début, je n'avais pas le droit de m'approcher du grand trou… Et puis, au fur et à mesure, j'ai eu la permission d'attendre au bord que mon père revienne. Le trou m'a un temps fasciné, appelant une foule d'interrogations qu'il me pressait de poser à son créateur. Un jour, après une vertigineuse séance de questions au bord du gouffre, mon père a pris une longue inspiration et m'a dit : *« Il y a du pétrole là-dedans, j'en suis sûr. Pour toi ce n'est qu'un grand vide, pour moi il est plein d'espoir… Mais je n'ai plus besoin d'y aller, j'y ai trouvé ce que je cherchais. Aujourd'hui, tu es assez grand pour me remplacer mais souviens-toi d'une chose, il faut y croire. J'ai l'air de ne pas être sérieux, j'ai l'air d'un Shadok absurde. Mais il faut y croire, tu verras.»* Je n'ai pas compris tout de suite que mon père me faisait un superbe cadeau.

Alors, j'ai creusé. Dans le noir, j'ai creusé avec toute la détermination que je pouvais. J'ai creusé longtemps, j'ai creusé tellement qu'aucun adjectif ne pourrait donner la dimension de l'ennui dans lequel je me suis retrouvé. J'ai gratté la terre, sans réfléchir plus loin que le bout de mes mains et je me suis réfugié dans mes pensées pour ne pas voir le temps passer.
J'ai fouillé encore jusqu'à faire le tour de mes idées et recommencer à me sonder. Et plus j'étouffais au fond de ce trou, plus je m'enrichissais de mes inspirations. Plus je ne trouvais rien dans cet antre, moins je me sentais vide. J'étais tellement plus riche en remontant ! Je racontais à mon enfant tout ce que j'avais imaginé pour améliorer le monde.

Je lui expliquais comme la vie est belle quand on y pense. Je l'embrassais de mes mots et j'économisais mes maigres bras épuisés par le travail. Évidemment, je n'ai jamais cru qu'il y avait du pétrole au fond de ce trou. Il y avait seulement moi, mis à nu, à creuser mon jardin secret pour dégoter les trésors destinés à nourrir mes proches. Je trouvais la lumière en cherchant l'or noir. Année après année, je replongeai dans les profondeurs mystérieuses d'un carré de verdure caché au milieu d'une ville anonyme. Mon fils s'approchait de plus en plus et je savais qu'il fallait encore le protéger, encore le faire attendre, parce qu'il n'était pas prêt à se sonder sans se perdre. Je le voyais s'agiter au bord du précipice, trop proche de l'abîme à mon goût, alors je remontais. Et quand je réapparaissais à l'air libre, il avait toujours une question en tête.

« Papa, si on vide un seau de sable à travers un entonnoir, ça fait un tas, n'est-ce pas ?» me dit-il un jour.

Cette question ne me parut pas d'un grand intérêt. Il lui a fallu deux heures pour comprendre cela, me dis-je, il n'est pas encore prêt à descendre. Mais avant que je lui réponde, il continua sa réflexion.

« Si on recommence l'expérience avec le même sable, on obtient un autre tas semblable au premier. »
Je restai dubitatif devant ce qui me paraissait d'une évidence enfantine.

Il poursuivit : *«… Pourtant, dans le second tas, chaque grain de sable occupe une place différente. Les deux tas sont apparemment identiques mais les éléments qui les constituent sont dans un ordre tout à fait différent. Dans la vie, c'est pareil, enchaîna-t-il. Tous les jours, il y a des bouchons au même endroit sur l'autoroute, mais ce ne sont jamais les mêmes voitures dans le même ordre. Chaque personne respecte sa logique pour éviter de tomber dans le bouchon et cela ne change rien ! Le bouchon se forme. Une addition de hasards donne naissance à une certitude. Cela signifie que parfois, pour arriver à un résultat prévisible, il vaut mieux laisser faire le hasard.»*

Ce jour-là, j'ai donné le puits à mon fils : *« Creuse, mon enfant, creuse au hasard, tu peux être sûr de trouver. »* Et je l'ai vu partir de bon matin pour chercher comme son père et son grand-père avant lui, le pétrole de la famille.

J'ai rejoint mon père sur le banc, près de la cheminée. Faute de pétrole, on se chauffait au bois. En m'asseyant, j'ai regardé mes bras maigres, mes jambes trop longues et trop fines. Je me suis aperçu que moi aussi je ressemblais à un Shadok. Et j'en ai été heureux. Entre Shadoks, nous nous comprenions. Nous avons passé des heures à discuter, chacun dépeignant avec enthousiasme sa vision du monde pour mieux s'éblouir de celle de l'autre.
Sur notre humble banc, étroit et brut, usé par le glissement des fessiers agités, poli par les tissus des pantalons, nous avons retrouvé le plaisir des discussions d'autan, oubliant parfois d'entretenir le feu. Durant des semaines entières, nous n'avons cessé de dialoguer savoureusement, délaissant mon fils et ses idées neuves. Pendant des mois, nous avons vécu dans cette autarcie sans même entendre la révolution qui criait à notre porte. Et puis un jour, nous avons levé les yeux et nous avons vu que du puits jaillissait le pétrole !

Mon fils avait trouvé l'or noir. Comment ? En croyant à ce que son grand-père lui avait dit, en creusant sans se poser de question, en cherchant à se donner les moyens d'atteindre son objectif au lieu de passer son temps à flâner au pays de la libre-pensée. Le pétrole jaillissait en grands jets sombres qui souillaient le jardin d'une marée noire. Et mon fils dansait comme un oiseau englué qui veut s'envoler… À la différence que lui était heureux et chantait de bonheur. *« Tu nous a fait un pragmatique »*, a dit mon père sur un ton de reproche mêlé de déception.

Le mouvement s'est accéléré. Chaque jour, un nouvel équipement venait renforcer le travail d'une machine neuve mais déjà obsolète : le Rétrolaser, l'Opto-fisseur, le Cornofulgure… Nous étions dépassés par ces inventions. Mon fils était devenu un Goldorak. De ses poings fulgurants, il perçait la terre de ses ancêtres, multipliant les sources de richesse. Le rendement devenait le maître mot et les mots n'étaient plus maîtres du rendement. Il fallait vendre avant de comprendre et s'enrichir sans réfléchir.

Les deux vieux sur le banc près de la cheminée ont été déplacés dans une annexe de la filiale.

Au calme. Seuls dans un hangar.

Loin de la chaleur réconfortante du feu, notre certitude immuable de l'absence de pétrole dans le jardin s'écroulait devant une nouvelle réalité. Le monde, tel que nous l'avions conçu et tel que nous l'avions reçu, venait de disparaître et toutes les valeurs que nous avions défendues durant notre vie se voyaient remises en cause. Pour la première fois, cette impression étrange que nous avions pu nous tromper balayait notre suffisance envers les générations nouvelles. Deux vieux cons, voilà !
Assis sur des chaises inconfortables dans un hangar sombre et froid, mis au banc de la société.

J'ai vu mon père se lever de sa petite chaise d'atelier, prendre quelques outils, chercher un endroit proche du centre du bâtiment vide et commencer à creuser. Au bout d'une heure, il est revenu s'asseoir près de moi pour me chuchoter quelques mots essoufflés : *« C'est pas si mal d'être un Shadok »*. Et puis il est reparti forer. Je me suis levé, j'ai pris des outils et j'ai commencé à explorer un autre coin. A la fin de la journée, nous nous sommes retrouvés autour de la table : *« J'espère qu'on ne va pas trouver de pétrole cette fois, je tiens trop aux idées. » « Ne creusons pas trop vite »*.

Deux jours se sont écoulés, presque en silence. Nous cherchions à retrouver ce qui nous semblait être le meilleur des mondes, plus proche de Voltaire que d'Aldous Huxley. Nous étions déterminés. Cette fois, c'est moi qui suis remonté le premier.

« Et si nous redonnions du temps aux loisirs ? »
« Je dirais plutôt qu'il faut travailler plus encore pour trouver la bonne idée », répondit mon père un peu essoufflé.
« Je ne parle pas de nos loisirs, à toi et à moi, mais du temps accordé par mon fils à ses employés. Il faudrait moins de temps de travail et plus de temps pour penser… Pour que la rêverie devienne loi et l'imagination foi. »
Je m'emballai en poursuivant : *« Il faut passion garder, oublier les fondements archaïques d'une société où la cadence est folle. J'ai fait un rêve, celui que tout le monde puisse rêver librement… »*

« Et comment faire passer cette bonne idée ? »
« Euh… »

Nous échangeâmes un long silence.

« Creusons un peu, veux-tu ? » proposais-je enfin.
Au fond de mon trou, je n'osais remonter sans une merveilleuse solution ; implacable, incontestable, machiavélique… Mais l'idée fit son chemin dans les multiples tuyaux du cerveau de mon père, et c'est lui qui vint me chercher.
« Je vais fêter mon anniversaire », proposa-t-il.
« Ah bon, quand ? »
« Vendredi prochain, dans l'après-midi et je vais inviter tout le monde. »
« Pendant les heures de travail ? »
« Oui, mon petit-fils ne peut pas me refuser cela. »

Il ne le refusa pas, offrant à tous ses employés une semaine de trente-cinq heures pour pouvoir se rendre le vendredi après-midi à l'anniversaire du doyen. L'entreprise était florissante et mon fils généreux.

Victoire supplémentaire et inattendue, chaque invité -outre le plaisir de travailler moins cette semaine là- passa ses soirées libres à se creuser la tête pour trouver un cadeau. Chaque idée plut à mon père qui félicita ses invités pour leur imagination.

« Mes amis, quelle joie de vous voir tous ici réunis. Merci, merci beaucoup d'avoir eu de si belles idées. Vous êtes vraiment formidables. Chacun de vos présents est un lien fort entre vous et moi, que vous avez tissé de votre imagination fertile. Vous avez pensé à moi ces derniers temps, en voici les preuves matérielles. J'avais peur d'être oublié, vous m'entourez de votre chaleureuse affection… Cette journée est la plus belle depuis bien des années et j'espère qu'elle n'est pas la dernière… Alors il me vient une idée. Et si nous passions nos vendredis après-midi ensemble ? Et si le vendredi après-midi était réservé à ce que nous avons de plus cher : les autres ? Et si le vendredi devenait la journée la plus importante, la journée de l'amitié, de l'échange, du dialogue, de ce hangar si vide sans vous ?»

Devant l'enthousiasme de la foule, mon fils n'eut d'autre choix que de s'incliner. Il n'avait pas eu d'idée de cadeau -trop de travail sans doute- aussi ce fut sa manière d'honorer l'anniversaire de son grand-père. Il accepta en précisant tout de même qu'il demanderait à chacun un effort pour augmenter les cadences pendant les heures ouvrées.

Durant la semaine qui suivit, mon père et moi avons travaillé comme jamais pour mettre en place notre projet. Reboucher tous les trous que nous avions fait, équiper le hangar d'outils et de combinaisons pour toutes les tailles. Vendredi matin, tout était enfin prêt et nous pûmes accueillir nos visiteurs. Le principe était simple : on venait creuser en famille et trouver toutes sortes d'objets plus ou moins utiles. Chaque découverte ouvrait l'imagination, venait éveiller de nouvelles idées et puis la rêverie reprenait son cours et l'on se remettait à forer, heureux de laisser ses pensées s'évader jusqu'à trouver un nouvel objet. Semaine après semaine, l'espace clos et sombre qui nous avait été alloué devint un véritable parc d'attractions dédié à la rêverie et à l'imagination. Petit à petit, l'écho des trente-cinq heures résonnait plus fort sur la tôle ondulée du hangar désaffecté, dans une communion de rires d'enfants et de bruits d'outils.

J'eus la certitude du succès de notre sublime idée en écoutant les conversations et les revendications. Ici, un quidam s'insurgeait contre les retombées économiques des trente-cinq heures mais se réjouissait également à l'idée de retrouver son ami le vendredi. Là, une mère de famille, heureuse de partager ce moment de détente avec ses enfants, regrettait -pour la forme auprès d'une collègue croisée par hasard- de ne pas avoir assez de temps pour mener à bien sa mission professionnelle.

Et puis là encore, un homme souriant avançait qu'il fallait réinventer la société des loisirs, redécouvrir le sens de la consommation réfléchie, recentrer le temps libre sur les échanges et la famille, redonner une place modeste à l'argent pour équilibrer les besoins et surtout le gâchis...
Cet homme, c'était mon père, visionnaire solitaire un peu rêveur.

Dans un premier temps, nous n'étions ouvert que le vendredi. Tout le reste de la semaine, nous rebouchions les trous en cachant des objets de façon aléatoire de sorte que, en creusant une heure ou deux, chacun pouvait trouver quelque petit trésor... Mais surtout pas de pétrole !

L'attraction avait vraiment beaucoup d'habitués et nous étions obligés de travailler deux fois plus la semaine pour reboucher les trous. Après quelques temps, et pour faire face à la demande grandissante, nous avons également ouvert nos portes le samedi puis le dimanche. Quand nous avons eu suffisamment de clients, nous avons embauché quelques jeunes bras pour nous seconder. Des emplois *« bouche trou »*.

Double paradoxe, nos employés vivaient grâce au temps chômé de leurs compatriotes et ils revenaient parfois le week-end pour se détendre en creusant… se donnant ainsi, à eux-mêmes, une charge de travail supplémentaire. Un Shadok moyen y aurait perdu sa logique, mais mon père, lui, jubilait !

Nous avons ainsi édifié un nouvel empire, lui et moi : celui des loisirs et des belles idées… et puis hier, il a eu une nouvelle illumination.

« Pourquoi ne pas construire des trous qui montent vers le ciel ? Des cheminées en somme, pour élever nos esprits ! Des tubes autour de notre hangar, de toutes les couleurs, pour tous les goûts, pour des pensées dans tous les sens ! Chacun pourrait s'y aventurer au gré de ses envies. Construisons des tuyaux autour de ces vilains murs de tôle et entreposons les plus belles pensées du monde à l'intérieur. Vous ne trouvez pas cette idée formidable ? »

iSplash

English ✓Français español italiano ελληνικός

Bienvenue sur iSplash®, votre console de natation. Grâce au programme Learnat® vous allez pouvoir apprendre à nager en toute autonomie et à votre rythme. Je suis votre moniteur particulier. Avant de commencer votre première leçon, faisons connaissance.

Je suis équipé d'une webcam qui me permet de vous observer. Je vois donc que vous êtes une femme, avec un bonnet de bain rose sur la tête. ✓Valider / Annuler.

Avec moi, pas de clavier, pas de souris, utilisez mon écran tactile étanche pour naviguer dans mes programmes et agrémenter votre apprentissage. *« Naviguer pour nager »*, vous ne trouvez pas cela drôle ? Pour désactiver la fonction *« Humour »* de ce programme, cliquez ici.

Je suis équipé de flotteurs et de poignées, vous pouvez donc m'utiliser comme une planche de natation classique, en me tenant à bout de bras devant vous. Cela vous permet également de lire les instructions sur l'écran et d'améliorer vos gestes. Vous pouvez aussi m'accrocher à votre taille grâce à la ceinture rétractable située a côté de la batterie. Dans ce cas, n'oubliez pas de brancher le masque à lunette-écran dans la clef USB4 et de glisser l'oreillette dans votre oreille. Pour cette première leçon, vous n'avez pas besoin de ces accessoires, tenez moi à bout de bras comme ceci.
Cliquez ici pour voir le schéma.

Je suis également doté de capteurs qui me permettent de suivre vos mouvements pour les corriger si besoin et d'analyser l'environnement pour vous éviter les mauvaises surprises. On ne sait jamais, un requin est si vite arrivé :-).

Posez-moi sur l'eau, je vais sans attendre sonder les conditions dans lesquelles vous allez nager aujourd'hui. Il suffit de quelques secondes.
Time : 10h 15min 18s
Time : 10h 15min 25s
Time : 10h 15min 27s

Type : eau de mer ; température de l'eau : 21° ; profondeur : 56 cm ; température de l'air : 29°, vent : S-E force 2 ; ciel : bleu. ✓Valider / Annuler.

Voilà, je crois que je vous ai dit l'essentiel sur moi. Pour en savoir plus, consultez le menu « Aide ». Cette fonction très utile vous permet de revenir sur un point d'apprentissage ; accéder au glossaire ; déclencher la balise de secours d'urgence ; modifier la personnalité du moniteur : plus cool, plus sévère, plus drôle, plus sérieux, en fonction de la pédagogie qui correspond le mieux à vos attentes.

Avant de plonger dans votre première leçon, j'ai besoin de quelques informations sur vous : Poids (kg) : 56.

Remarque : Indiquez votre véritable poids, cela me permet de vous guider au mieux dans votre effort. Voulez-vous corriger votre poids ? 60. Merci.
Taille : 1m67. Age : 26 ans. Niveau de natation : débutant.
✓Valider / Annuler.

Bien, nous pouvons commencer. Puisque la température de l'eau est peu élevée, je vous propose un petit exercice d'acclimatation pour éviter l'hydrocution.

Aide. Glossaire. Hydrocution : *« Une hydrocution est un arrêt cardio-ventilatoire dû à la différence de température entre un liquide et la peau. Un tel choc peut provoquer une perte de connaissance et donc une noyade. »*
✓Valider / Annuler.

Mouillez-vous la nuque abondamment en faisant de grands mouvements de bras. Vous pouvez m'éclabousser, je suis absolument étanche.

Sautillez sur place en pliant de plus en plus les genoux. Voilà c'est parfait. Entrez dans l'eau ainsi, progressivement. Il y a beaucoup de monde autour de vous ?
✓Valider / Annuler.

Eloignez-vous un peu de la foule pour que je puisse parfaitement isoler vos mouvements. Parfait.
Analyse en cours : Time : 10h 25min 11s
Time : 10h 25min 15s
Time : 10h 25min 20s
Température de l'eau : 21° ; profondeur : 80 cm ; température de l'air : 29°, vent : S-E force 2.

Vous pouvez maintenant vous allonger sur l'eau… Vous pouvez maintenant vous allonger sur l'eau. Allez, n'ayez pas peur, là où vous êtes vous avez tout à fait pied. Allongez-vous maintenant. N'hésitez pas, allez-y. Vous n'êtes pas tout à fait allongée, vos pieds touchent encore le fond. Vous voyez, vous ne pouvez rien me cacher. Allez, allongez-vous maintenant.

Aide. Personnalité du moniteur : sévère. Vous allez vous allonger maintenant espèce de poule mouillée ! A 26 ans, ne pas savoir nager c'est une honte ! Va vraiment falloir remédier à ce handicap. Si vous n'avez pas le courage d'apprendre à nager aujourd'hui, vous ferez quoi de votre vie ? Un enfant de 4 ans peut y arriver.

Aide. Personnalité du moniteur : drôle. Vous allez maintenant imaginer que vous êtes dans un grand pot de chocolat, vous n'avez pas envie de plonger dedans ? Allez-y ! Si vous retirez vos pieds du fond, je vous raconte une blague Carambar. Ah, je ne vous ai pas dit ? Il y a des étoiles de mer carnivores qui rampent dans votre direction. Levez les pieds pour éviter l'amputation.

Aide. Personnalité du moniteur : sérieux. Le savez-vous ? L'eau de mer est plus dense que l'eau de piscine, de lac ou de rivière, vous flottez donc mieux dans l'eau de mer. Vous voyez, vous avez eu raison de choisir la mer pour apprendre à nager. Allongez-vous. Vous ne pouvez de toute façon pas rester dans cette position inconfortable trop longtemps. Vous risquez d'attraper une crampe.

Je vous conseille donc vivement de vous allonger et de commencer rapidement à battre des jambes.

Aide. Personnalité du moniteur : cool. Je sais que vous allez y arriver. C'est normal d'avoir une appréhension, mais je suis là pour vous aider. Jusqu'à maintenant je ne vous ai jamais lâchée, alors vous pouvez me faire confiance. Je vous promets que c'est le moment le plus difficile de la leçon.

Voilà, bravo ! Tenez-vous bien à la planche. C'est votre planche de salut :-). Pour rester parfaitement en équilibre, battez doucement des jambes. Parfait. Vous êtes déjà stabilisée. Vous vous débrouillez très bien. Pensez maintenant à votre respiration. Essayez de la contrôler un peu pour retrouver votre calme. N'oubliez pas que vous avez pied ici. Pour le vérifier, je vous propose un exercice simple : prenez une petite respiration et mettez la tête dans l'eau quelques secondes. Cela vous permettra de voir le sable au fond et de constater que vous avez pied. Faites-le maintenant.

Parfait ! Vous vous débrouillez très bien. Vous pouvez à tout moment recommencer cet exercice. Il vous permet de reposer un peu les muscles du cou et de préparer les leçons 3 et 7 : respiration et synchronisation tête-bras. Vous allez maintenant lâcher une poignée pour libérer une main et pouvoir naviguer sur mon écran tactile. Par exemple, cliquez ici. Parfait. Vous vous débrouillez très bien. Mais dites-moi, vous êtes sûre que c'est votre première leçon ? :-).

L'un des grands plaisirs de l'iSplash® réside, en effet, dans la possibilité, tout en nageant, de suivre votre programme télé préféré, de lire un livre à l'écran, de naviguer sur internet, de répondre aux mails, d'écouter de la musique, de regarder un film, d'écrire un roman… bref de faire tout ce qu'un ordinateur vous permet de faire. Avant l'iSplash®, l'eau était le seul endroit de la terre où l'homme ne pouvait pas emporter son ordinateur. Ne ralentissez pas les battements de vos jambes s'il vous plaît. Grâce à votre iSplash® vous allez pouvoir vivre la mobilité à 100%. Sur terre, dans l'air comme dans l'eau, vous serez toujours joignable, vous serez toujours connectée. Et quoi de plus logique que de surfer tout en étant dans l'eau :-).

Votre jambe gauche a tendance à vriller lors de la poussée, ce qui vous fait perdre un peu d'efficacité. Essayez de corriger cela. Voilà, c'est très bien. Ne forcez pas trop vos mouvements, pour ne pas trop vous fatiguer. Gardez le rythme en douceur, avec des mouvements fluides et souples.

Internet Explorer XX. Hotmail.com. Nom : Juliette. Code : DFG432.
De Thomas : « *Salut Juliette, Merci pour l'invitation ce soir. Je viens avec le champagne. Tu me montreras ton iSplash ? On pourrait l'essayer dans la baignoire… Bises. À ce soir. Thomas.* ». Répondre. « *Slut thoma, jsuis dan l'eau et j'appren à nager. Pas favile ! C'est génial.Désole, pas de baignoire, douche seulement. A tt. Ju* ».
Analyse en cours : Time : 10h 33min 08s
Time : 10h 33min 15s
Time : 10h 33min 17s
Température de l'eau : 20° ; profondeur : 280 cm ; température de l'air : 29°, vent : S-E force 2.

Internet Explorer XX. Wikipedia.com. iSplash. « *Après l'IPhone® et l'IPad®, l'ISplash® fait son apparition en sortie mondiale le 15 mai 2014. D'environ 700 grammes, l'iSplash est une tablette électronique totalement étanche contrôlée via un écran multipoint sensible à un maximum de onze doigts. Elle peut être utilisée en flottaison comme en immersion. Le constructeur a vendu 4 millions d'iSplash en 20 jours. Remarque : certains utilisateurs affirment que l'écran de leur iSplash® s'est fendu suite à un choc thermique. Le constructeur dément, tests laboratoires à l'appui.* »

Attention, ici les vagues sont un peu plus hautes. Vous vous débrouillez très bien. Nous allons bientôt faire demi-tour. Vous commencez à montrer des signes de fatigue. C'est normal. Apprendre à nager demande de l'endurance et du courage. Vous vous débrouillez très bien. Nous approchons d'une bouée jaune. Il n'est pas recommandé de nager au-delà car cette balise délimite la zone de surveillance.

Internet Explorer XX. Facebook.com. Fan d'iSplash®. « *Rendez-vous iSPlage géant, le 23 juillet 2014 à 21h sur la plage de Tanchet, Sable d'Olonne. Venez avec votre iSplash® pour visionner en diffusion simultanée le dernier film 3D de Spielberg : Les dents de la mer 5. Frissons garantis sur la plage comme dans l'eau* ».

Voulez-vous un peu de musique ? A part sur le Titanic, cela peut être agréable :-).
Aide. Arrêter l'humour. ✓Valider / Annuler.

Internet Explorer XX. Youtube.com. iSplash *« J'ai détruit mon iSplsah® sur un rocher. Bonjour, je m'appelle Sylvain Martin Je suis l'un des premier français à avoir acheté l'iSplash® et voila ce que j'en fais. Je la brise sur un rocher ! Pourquoi ? Parce que la mer est le seul endroit encore un peu sauvage de cette planète. Il faut préserver les océans de cette nouvelle pollution. Faites comme moi, détruisez l'iSplash® »*.
Vous commencez à fatiguer. Votre corps n'est plus tout à fait droit et à l'horizontal. Encore un petit effort.

Alerte. Batterie faible ! 10% restants. Pour continuer, branchez l'appareil sur secteur.

Allez, il est temps de rentrer. Poussez bien sur vos jambes pour ne pas perdre de vitesse. Vous avez un vent de face mais cela ne doit pas vous perturber. Aide. Personnalité du moniteur : sévère. Bon, faut qu'elle se dépêche la faignante parce que sinon on ne va jamais y arriver. Alors vous oubliez que vous avez mal. Vous croyez qu'on peut se mettre au sport comme ça ? Et que ça va être agréable ? Allez, direction la plage et plus vite que ça ! Aide. Déclencher l'alerte d'urgence.
✓Valider / Annuler.
Fatal error system 110. Redémarrer.
?

Bienvenue sur iSplash®, votre console de natation. Cet appareil n'a pas été éteint correctement lors de la dernière utilisation. Voulez-vous reconstruire la mémoire pour reprendre la leçon où vous en étiez ? dftg§§
Aide. Déclencher l'alerte d'urgence.
✓Valider / Annuler.

Analyse en cours : Time : 10h 42min 10s
Time : 10h 42min 15s
Time : 10h 42min 18s
Température de l'eau : 20° ; profondeur : 280 cm ; température de l'air : 29°, vent : S-E force 2.

Alerte. Batterie faible ! Pour continuer, branchez l'appareil sur secteur. Aide. Déclencher l'alerte d'urgence.
✓Valider / Annuler.

Calmez-vous. Votre visage semble indiquer un état de stress et les mouvements de votre corps sont désynchronisés. Ggkli ? Ne vous inquiétez pas, iSplash® a été homologué par les plus grandes instances mondiales. poujljmfs. Vous êtes en sécurité tant que vous suivez les instructions. Calmez-vous.

En aucun cas la responsabilité du constructeur ne saurait être hgdsup dfpioh dfpgsf. Vous vous débrouillez tr…

Comme une impression

- On t'entend quand tu bois ta soupe, vieux débris !
- T'as qu'à boire en même temps que moi, tu t'en rendras p'us compte. Madame se donne des airs à table maintenant ?
C'était ma mère, c'était mon père.

Un couple improbable, qui ne savait pas dialoguer autrement qu'en invectives. Ce jour-là la soupe de légumes enrichie d'un gendarme (cette fameuse saucisse fumée alsacienne si coriace que mon père se cassait les dents dessus), la veille la crise de goutte de papa et le lendemain je-ne-sais-quel-autre-sujet donnaient lieu à de beaux échanges de nom d'oiseaux.
Et pourtant ils s'aimaient. Ils avaient traversé tant de drames la main dans la main, tant d'épreuves pendant la guerre. Ils s'aimaient et ils aimaient se parler ainsi. Leur amour était si fort qu'ils pouvaient s'amuser à le piquer sans jamais se blesser.
Mon Père Marcel, ma Mère Marcelle, et moi savourant leur joute à table. La soupe n'était pas fameuse mais la table toujours heureuse.
- Tu fais toujours des bruits bizarres. Quand tu bois, quand tu dors, quand t'es aux toilettes, quand t'es malade et que tu veux pas te moucher…
- Tu t'es pas toujours plainte que je faisais du bruit ! Surtout pendant la guerre…
- Goujat !

Ma mère, cette vieille femme au dos courbé par la vie, encore coquette par réflexe plutôt que par envie de séduire. Elle entretenait encore, d'un maquillage délicat, son teint halé, ses dents blanches, ses yeux kaki. Mais que faire avec cette bosse dans le dos qui faisait peur aux enfants ?
Mon père, cet homme secret qui tournait tout à la dérision, qui ne m'a jamais dit « Je t'aime » mais me l'a souvent fait comprendre.

Toujours un clope au coin des lèvres, l'œil gauche plissé pour éviter la fumée lui donnait un faux air de séducteur. Il avait les mains épaisses salies d'encre faisant ressortir les lignes et les rides. J'ai toujours été fascinée par ses doigts qui semblaient redessinés sur sa peau.
Je ne connais pas toutes les histoires de mes parents durant la guerre.
Je sais seulement que mon père était imprimeur, qu'il a beaucoup travaillé pour les Allemands et qu'il a pourtant reçu la Médaille de la Résistance. Comment faisait-il pour servir à la fois l'envahisseur et les compatriotes ? En 1940, quand les Allemands l'ont fait prisonnier sur le front, ils l'ont relâché parce qu'il était né à Strasbourg en 1912, or jusqu'en 1918 l'Alsace était allemande. Mon père portait donc la nationalité allemande à leurs yeux.
Sur sa carte d'identité était inscrit *« Français par réintégration »* ce que mon père vivait comme une opprobre *« comme si on déniait m'accorder cette nationalité, j'ai tout donné pour la France, tout ! »*. Il est parti au front en tant que Français, il est revenu quelques mois plus tard Allemand avec l'obligation de servir son nouveau pays en diffusant sa propagande. C'était cela ou le front Russe des « malgré-nous ». Voilà comment nous avons passé la guerre, mon père en travail forcé dans l'atelier au fond du jardin ; ma mère et moi, encore nourrisson, à la maison.

Toute mon enfance j'ai entendu, depuis la fenêtre de ma chambre, le rythme régulier de la presse qui noircit les tracts. Ce tempo, comme un battement de cœur, était pour moi celui de mon père, sa présence rassurante dans cette grande bâtisse de briques sur laquelle s'adossait le potager.

Le dimanche, j'avais le droit d'entrer, je retrouvais alors la Linotype et son clavier fascinant. Mon père s'essayait devant ce majestueux piano, il frappait les touches sans regarder, préférant plonger ses yeux complices dans les miens. Un à un les caractères de plomb glissaient le long des rails puis se plaçaient comme par magie dans l'ordre. La machine les introduisait dans un cylindre d'où ressortait une barre de métal brûlante d'une quarantaine de signes parfaitement alignés. Mon père s'en emparait, se dirigeait promptement vers la presse, encrait la barrette typographique avec un tampon de caoutchouc, plaçait une petite feuille, actionnait la grande roue pour presser et je découvrais enfin le message qu'il voulait m'adresser *« Tu as une bien jolie robe aujourd'hui ma fille »* ; *« Et si nous allions au restaurant ce midi ? »* ; *« Je suis fière de tes résultats au certificat d'études »*… Mon père a-t-il inventé le SMS après la guerre ? Je garde précieusement ces petits bouts de papier vélin dans une boîte métallique LU comme autant de déclarations de son amour si pudique.

***

- Fainéant, tu te débarrasses de ton imprimerie sur ta fille !
- J'ai pas écrit mon dernier mot rassure-toi ! Il me reste encore à graver ton épitaphe, mégère. En attendant, la petite est maintenant assez grande pour reprendre l'entreprise. Et elle sait que je serai encore là longtemps pour l'aider.
- Prétentieux, tança ma mère de sa voix de rombière durcie par l'accent de l'est.

C'est par ces mots que j'appris officiellement que je reprenais l'imprimerie familiale. Je venais d'être adoubée par le maître en présence de la reine mère.

J'avais terminé mes études quelques mois plus tôt, immédiatement embauchée par mon père. Dans son infatigable bleu de travail, moi dans ma blouse grise toute neuve, nous passions désormais les journées ensemble, relisant les grandes feuilles joue contre joue dans un contentement partagé. De temps en temps, maman venait nous rendre visite, pour nous apporter de l'eau, pour venir chercher les verres vides, pour nous servir un café, pour récupérer les tasses qui lui venaient de sa tante et qu'elle ne voulait pas abîmer *« vous comprenez avec ces grosses machines »*, pour nous dire que son frère Henry, passerait dimanche et puis revenir nous dire que *« finalement il serait là samedi après son concours de pêche un peu plus haut au lac mais bon valait mieux pas compter sur du poisson alors on mangerait des Knacks »*... bref ma mère s'ennuyait de moi, s'ennuyait toute seule depuis que sa fille avait changé de camp. J'étais heureuse quand sa silhouette courbée ouvrait la grande porte de l'imprimerie. Un puits de lumière annonçait son arrivée, je relevais la tête de mon clavier pour lui sourire et l'inviter à me rejoindre. Les parfums de l'été entraient dans l'atelier, renouvelant l'atmosphère âcre du mélange d'huile, d'encre et de métal chaud. Caché sous sa casquette de laine, mon père marmonnait une nouvelle estocade, elle répondait par un juron bien placé.

Ce rituel amoureux leur donnait immédiatement le sourire. C'était pour ma mère le signe que tout allait bien, qu'elle ne dérangeait pas. Et souvent, en repartant, elle frappait les fesses de mon père et murmurait un *« vieux râleur »* plein d'affection. Elle était fière de son mari qui avait si bien su assurer l'avenir de sa fille.
L'oncle Henry était un militaire à la moustache fine et l'œil méfiant. Adjudant la semaine, chasseur et pêcheur le week-end, il avait toujours une arme à la main et cela ne me plaisait guère.
- Tu sais que personne ne connaît le secret de ton père, commença-t-il en abattant une dame de pique sur le tapis de feutrine vert.
- Laisse-la tranquille, aboya ma mère.
- Comment qu'il a fait, hein, pour sortir tous ces tracts pour la résistance ? L'imprimerie était occupée toute la journée par les Allemands et la nuit, pas un bruit. Comment qu'il a fait ? Personne il le sait ça !
Le regard bleu acier de mon père quitta ses cartes pour jauger mon oncle, et dans un silence sépulcral on entendit la sentence :
- J'ai utilisé le papier des Allemands, si tu veux tout savoir.
Mon père ne parlait jamais à Henry, jamais. Il lui servait sa bière, puis son blanc, puis son schnaps, sans jamais lui adresser le moindre mot. Un regard suffisait entre les deux hommes pour que mon père comprenne qu'Henry voulait la suite, il se levait, saisissait son tire-bouchon et enchaînait avec deux verres propres. Maman ne suivait pas, elle comptait les points durant le repas, le café et la belote. Ce jour-là, alors que mon père et moi menions confortablement, Henry avait décidé de me faire perdre mes moyens par la ruse. Mais mon père était intervenu et déjouait tous les pronostics.
- Qu'est-ce que tu veux savoir Henry ? Parle. Pose-moi tes questions. Tu crois que je ne la mérite pas la Médaille de la Résistance ? Tu l'aurais bien tondu ta sœur, hein, à la libération. Après tout, elle aussi elle a servi la soupe aux Allemands. Tu veux savoir comment on a trouvé tout le papier pour imprimer les journaux de la résistance ? Ben c'est simple, on économisait sur les tracts des Allemands. J'en faisais un peu moins et un peu plus petits et je cachais les feuilles non utilisées. C'est drôle non ? Des journaux clandestins sur du papier allemand.
- T'énerve pas Marcel, avait abdiqué Henry, je demande ça pour causer.
- Tu veux causer, alors causons ! Belote, rebelote et dix de der… vous êtes capot ! Et capot pour un adjudant, c'est dégradant !

Ma mère ne put s'empêcher d'étouffer en rire. Elle jouait avec Henry parce que personne ne voulait être son partenaire, perdre la réjouissait donc. Je crois que Henry, ce jour-là, aurait souhaité raser la tête de sa sœur. Ce soir-là, après le départ du *« faux frère »* comme l'appelait mon père, il décida de nous offrir un festin. *« J'ai envie de faire la fête ce soir, m'en vais tuer un lapin »*. Le rituel était bien rôdé dans ce cas, chacun avait sa mission. Ma mère se mettait aux fourneaux, préparant des Spaetzle et une sauce au lard, je dressais la table de notre plus belle vaisselle et mon père allait choisir un lapin dans les clapiers sur le côté de la maison près de la réserve à bois. Mon père comme ma mère adoraient la tête de l'animal, ils se délectaient d'en sucer les orifices et d'en racler l'intérieur à la petite cuillère. Ils se battaient pour ce noble morceau, ils se battaient à s'en jeter les fourchettes, ils se battaient jusqu'au jour où mon père déclara fièrement :

- Regarde Marcelle, j'ai trouvé un lapin à deux têtes !
- Qu'est-ce que c'est que cette histoire encore ?
- Ben regarde par toi-même dans le sachet, un lapin, deux têtes.
- Vieux brigand, comment t'as fait ? C'est pas naturel ça !
- C'est comme ça, j'ai fait un élevage de lapins à deux têtes comme ça on ne se battra plus.

Ma mère ne voulut rien savoir de plus et partit dans sa cuisine en couvrant mon père d'injures... mais, même de dos, nous pouvions deviner le large sourire qui traversait son visage. Personne ne sut jamais comment, à chaque fois que mon père allait tuer le lapin, il revenait avec deux têtes. OGM ?

Je ne sais pas, je n'ai jamais osé retourner dans cette partie du jardin de peur de croiser les regards d'un de ces monstres.

***

- Marcel va me choisir des tomates ! Et n'en profite pas pour picoler. Je sais où tu planques tes bouteilles et j't'entends boire depuis ma cuisine, tu fais tellement de bruit.
- Si tu sais où elles sont pourquoi tu les confisques pas, rabat-joie ?
- Ne me provoque pas, je pourrais bien te changer le vin en eau un de ces jours, alcoolique.
- Teigne !
- Bon mes tomates, elles viennent ?

J'étais donc seule dans l'atelier, puisque Papa sirotait dans le potager, quand un homme est entré. Il portait des lunettes sombres qui cachaient ses larmes, un tricot gris assorti à son pantalon de costume. D'un pas mal assuré, il s'est dirigé dans ma direction, un bel homme, digne, droit, un peu plus grand que moi, et qui sentait délicieusement la meringue. J'ai immédiatement compris que mon allure d'ouvrière et mes mains tâchées ne le dérangeraient pas. Je me suis levée pour le rejoindre près du bureau.

- Que puis-je faire pour vous, Monsieur ?
- Bonjour Madame.
- Bonjour, c'est Mademoiselle, souriais-je.
- Oh, pardon. Votre voix me laissait à penser que… enfin, pardonnez-moi. Je viens pour des faire-part… De décès.
- Mes condoléances…
- Ma mère.
- Désolée.
Quelques respirations convulsives vinrent secouer ses épaules, son visage se verrouilla dignement, il poursuivit d'une voix mal assurée.
- Je voudrais quelque chose de simple, mais beau, enfin du beau papier, mais je vous fais confiance.
Je lui ai présenté notre gamme de 300 grammes, il a été particulièrement sensible au grain de la référence « Savane », une texture irrégulière, presque naturelle, à peine contrariée par la machine. Je partageais son choix.
- D'autant que ce papier a une très bonne prise en main… Il donne l'impression d'être ferme, bredouillais-je.
En réponse, il me dicta sobrement :
« Mesdames & Messieurs, vous êtes priés d'assister aux service funèbre et enterrement de Madame Adrien Ruellan, née Clotilde du Breil de Pontbrillant rappelée à Dieu le 29 mai 1960 à l'âge de 45 ans.
Les funérailles auront lieu le jeudi 2 juin 1960 à neuf heures trente en l'Eglise de Sainte-Croix-aux-Mines, ensuite à l'inhumation au cimetière du dit lieu dans le caveau de famille.
« Miséricordieux Jésus donnez-lui le repos éternel. »
De la part de
Monsieur Adrien Ruellan : son époux
Monsieur Jean Ruellan : son fils
Monsieur Breil de Pontbrillant : son frère

Monsieur et Madame Chicherit-Ruellan et leurs enfants ; Monsieur et Madame Compernolle-Stevenoot et leurs enfants : ses cousins, cousines, neveux et nièces. »

C'est fou ce que l'on apprend d'une personne en exerçant le doux métier d'imprimeur. En moins d'une heure, je découvrais que Jean Ruellan était le fils unique de Adrien et Clotilde, qu'il avait un oncle du côté de sa mère et des cousins éloignés du côté de son père. Cela nous faisait quelques points communs. J'en concluais qu'il n'y avait aucune raison pour que cela ne nous rapproche pas. Nous étions fait pour nous entendre. Autre avantage de ce beau métier, vous êtes sûr de revoir la personne qui s'est présentée à vous.
- Il faudrait que vous puissiez revenir demain signer le Bon à Tirer, il s'agit de la première sortie pour vérifier si elle est conforme à votre commande, suppliais-je presque.
- Bien entendu Mademoiselle, je reviendrai, mais je vous fais confiance vous savez.
Je me souviens de cette première visite comme si c'était hier. La lumière de l'été, la cigogne postée sur la cheminée, le jardin qui exhalait les senteurs de mirabelles, de cerises et d'abricots fraîchement tombés, la démarche hésitante de Jean le long de la rivière qui délimitait notre propriété. À Sainte-Croix-aux-Mines, il y a vingt-quatre rivières, tous les jardins ont leur petit ruisseau, mais le mien a d'irrésistibles clapotis. Et la réclame qui passait à la TSF, sur l'air de La Madelon :
« Si vous voulez un savon de toilette
qui soit très doux, qui sente vraiment bon
Un seul nom doit vous venir en tête
Monsavon ! Monsavon ! Monsavon ! »

Je m'attelais à la tâche, écartant immédiatement le travail que m'avait confié mon père qui devait cuver sous les plants de tomates.

***

- C'était quoi cette commande cet après-midi ? Demanda ma mère voutée sur son assiette.
- Jean Ruellan. Sa mère est morte dimanche. Balbutiai-je.
- Clotilde Ruellan, le médecin ?

- Oui.
- Mais elle avait quel âge ?
- 45 ans.
- Jésus, Marie, Joseph. Si c'est pas croyable, être médecin et partir si tôt ! Faut imaginer comment elle soignait ses clients…
- Ce ne sont pas des clients, ce sont des patients, maman ! Et ce n'est pas parce que cette pauvre femme est décédée que c'était un mauvais médecin !

Je crois que j'ai crié. Mon père a arrêté la dégustation de sa quiche, ma mère a reposé son verre, tous deux m'ont regardé fixement. J'ai rougi. Ils ont souri et mon père a brisé la glace :
- T'as raison ma fille, faut pas manquer de respect aux morts. Ta mère n'a pas d'éducation.
- Sinon, j'aurais pas marié ton père.
- Inculte.
- Rustre.

Je n'ignorais pas l'échange de petits sourires en coin de mes parents, ni le clin d'œil que m'accorda ma mère en signe de pardon mais je finis ma salade promptement et quittai la table.

***

- Marcel, pendant que Monsieur Ruellan vérifie le Bon à Tirer, tu veux bien aller me chercher une salade s'il-te-plaît ?
- Mais bien sûr ma chérie ! Je vous laisse, excusez-moi. Je suis à votre disposition si besoin. Et je vous présente à nouveau mes sincères condoléances de la part de mon épouse et moi-même.

Ce fût la première fois que mes parents se parlèrent poliment. Je leur en saurais gré toute ma vie même s'ils ne prolongèrent pas longtemps cet exploit.

- Je crois que c'est parfait, Mademoiselle. J'aurais voulu venir avec mon père pour bénéficier de sa lecture perspicace mais le pauvre homme est trop accablé pour le moment, m'avoua Jean.
- Je comprends. Verriez-vous un inconvénient à ce que j'assiste à l'enterrement, soufflai-je tremblante.

- Bien sûr que non, au contraire, je vous remercie de votre compassion.

Vivement que son père meurt, me suis dis-je quand Jean a refermé la grande porte de l'imprimerie. C'est le seul moyen qui m'est apparu à ce moment-là pour imaginer avoir une chance de le revoir en tête à tête. Cet homme qui sentait la meringue et les fruits confits, cet homme à la voix de miel, cet homme aux gestes délicats faisait naître en moi des sentiments sucre d'orge. Je courrais sans tarder m'acheter une robe sombre avec mes premières économies. Ma mère m'accompagna et avec l'art consommé du dialogue elle entreprit d'en savoir plus sur Jean Ruellan. Il était pâtissier au service de Grand Jean dans la boutique à deux pas d'ici. Un fabuleux assistant, le seul que Grand Jean n'est jamais accepté, et pour cause, Monsieur Ruellan avait un nez d'une qualité exceptionnel. Il était capable de dosages si parfaits que son maître parvenait à peine à le surpasser dans le mélange des saveurs. A deux, ils avaient conquis la région et il fallait que ma mère soit bien occupée pour ne pas avoir eu vent de ces délices. Ce jour-là, nous sommes revenues à la maison avec une robe grise bien ajustée à ma taille et un gâteau meringué que mon père dégusta dans un silence rare.
Durant la cérémonie quelques jours après, je ne pus m'approcher de Jean, cela aurait sans doute donné lieu à des commérages, mais j'eus l'occasion de constater que son père était en très bonne santé.

***

- Marcelle qu'est-ce que tu fais encore là ?
- C'est que…
- Plus de café, plus d'eau, plus rien, j'ai besoin de me concentrer sur la lettre de Monsieur le Maire. Allez, oust, madame !
- C'est…
- Ah tu m'énerves, j'ai perdu une ligne.
- Jean Ruellan est là.
Les machines se sont arrêtées. Depuis presque un an, je n'avais pas vu Jean. Il ne sortait pas de sa boutique, j'allais peu à la messe, nous ne fréquentions pas les mêmes cercles d'amis. Je dégustais ses gâteaux très régulièrement mais à chaque fois que je me présentais à la pâtisserie il était enfermé en cuisine. J'attendais qu'un drame arrive pour pouvoir le revoir, et ce fût un véritable drame.
- Bonjour Andrée, me dit-il.

- Bonjour Jean.
- Je suis venu pour un faire-part de fiançailles.
- Ah.

Mon entrain venait de disparaître, j'essayais de garder une voix enjouée mais mes yeux trahissaient mon désarroi. A côté de la linotype que mon père était en train de régler, ma mère observait et je sentais tout le poids de sa tristesse sur mes épaules déjà fatiguées. Jean ne remarqua rien, ou alors il le cacha parfaitement en poursuivant la conversation :
- Oui et puisque vous vous êtes si bien occupé de moi la dernière fois, j'ai totalement confiance en vous pour réaliser les plus beaux faire-part qui soient.
- Oui, bien sûr, répondis-je d'une voix monocorde.
- J'ai pensé à ce texte, qu'en pensez-vous ?
« Monsieur Jean Ruellan et Mademoiselle Monique Delange sont heureux de vous faire part de leurs fiançailles et vous convient à célébrer cette union au restaurant « La petite forêt » samedi 15 avril 1961 dès 11 h 30. »
- C'est parfait. Parfaitement parfait, dis-je les yeux dans le vide alors que mon père prenait discrètement notes parce qu'il savait bien que les miennes seraient illisibles.
- Vous serez invitée, bien entendu.
- Je vous remercie. Quand dites-vous ?
- Le 15 Avril.
- Ah, je crois que je suis prise ce jour-là.
- Mais oui, Andrée, tu sais bien, intervint ma mère, c'est l'anniversaire de ton oncle Henry.
- Mais… s'interrogeât mon père.
- Tais-toi idiot ! Le coupa ma mère.
- Oui, c'est vrai, repris-je. J'ai bien peur de ne pouvoir me rendre à votre repas de fiançailles Jean, mais je ferai tout pour vous rejoindre dans l'après-midi.
- Bon et bien je crois qu'il me reste à vous saluer. Je vous dis donc à demain pour le Bon à Tirer ?
- Oui, c'est cela, à demain Jean.
- Je viendrai avec Monique pour être sûr de la relecture.

J'ai pleuré toute la soirée, puis toute la nuit, jusqu'à vider mon corps, jusqu'à vider mon cœur, j'ai pleuré d'un amour que je ne savais pas si grand.

Tout l'hiver, je m'étais concentrée sur mon travail, protégée par mes parents, entourée par quelques amis, désintéressée des hommes qui me courtisaient. Je ne me posais pas de question. J'étais idiote. Je savourais une pâtisserie de temps en temps et cela suffisait à rassasier mes sentiments. J'étais naïve. J'ai pleuré jusqu'à l'aube, j'ai pleuré en enfilant ma blouse, j'ai pleuré plus fort que le bruit des machines, j'ai pleuré jusqu'à ce que Monique Delange entre, les yeux encore plus rouges que les miens.

- Bonjour Mademoiselle Meyer, je suis Monique Delange.
- Ah.
- Hier, Monsieur Ruellan est venu vous commander des faire-part je crois.
- J'acquiesçais en baissant la tête.
- Je suis venue vous dire qu'il faut annuler cette impression. Mes parents s'opposent à notre union et hier ils m'ont interdit de la poursuivre. Ils ont d'autres ambitions pour moi. Un pâtissier ce n'est pas assez bien ? Ironisa-t-elle.
Nous savions, elle et moi, que ce n'était pas le métier de Jean qui posait problème, mais elle avait la pudeur de ne pas en parler et je l'en remerciais secrètement. Elle partit immédiatement, tenant un mouchoir devant ses yeux et reniflant bruyamment. J'exultais.

Durant toute la journée, je me promettais de revoir Jean. J'échafaudais des plans pour pouvoir obtenir un tête-à-tête. Le convier à m'accompagner au salon du chocolat en imprimant de fausses invitations ? Faire semblant de trouver un cheveu dans un gâteau et exiger des excuses personnelles, très personnelles ? Forcer la porte de la cuisine et lui déclarer mon amour, le décolleté laissant deviner un sein libéré ? Écrire à son père ? Aller à la messe tous les dimanches… il me fut inutile de choisir l'un de ces stratagèmes puisque Jean entra en milieu d'après-midi dans l'atelier. Bizarrement, mon père quitta les lieux simultanément.
- Je suis venu vous régler, mademoiselle.
- Mais… la commande a été annulée, non ?
Je perdais soudain tous mes moyens. Des larmes coulèrent de mes yeux et mon nez s'encombra de nouveau. Jean me tendit un mouchoir.
- Vous vous êtes enrhumée ?
- Oui, c'est cela, oui. Parfois, dans ce grand atelier, il y a des courants d'air, vous savez. Un coup de chaud, un coup de froid, j'avoue que je supporte mal.

- Je suis venu vous régler le travail que vous avez fait sur le faire-part même si finalement il ne sera pas imprimé. Mais vous y avez tout de même passé du temps.
- Ah ! Me voilà rassurée, enfin je veux dire, c'est rassurant de voir que des gens sont si honnêtes… Mais je ne vais pas vous faire payer quelques heures de réglage. Ne vous inquiétez pas. Avec la machine que nous avons, ce n'est pas grand chose.
- C'est une linotype, n'est-ce pas ? Demanda-t-il.
- Vous paraissez vous y connaître un peu.
- Je n'en n'ai jamais vue, bien entendu, mais le sujet me fascine !
S'exclama-t-il soudain en me saisissant le bras avec passion.
- Et bien approchez, je vais vous expliquer. Il y a un clavier de quatre-vingt-dix
touches, les trente de gauche sont les lettres en minuscule, les trente de droite les mêmes mais en majuscule et au centre nous avons la ponctuation et les chiffres. Les lettres sont placées selon la fréquence d'utilisation. Les deux premières colonnes donnent ainsi etaoin shrdlu. C'est très pratique ! Il y a un auteur qui a choisi ce terme comme pseudonyme : etaoin shrdlu. Drôle, non ?
Pour entraîner Jean avec moi, j'avais posé ma main sur la sienne.
Devant la machine, je le libérais maintenant délicatement en baissant mon bras. Cela se passa de façon naturelle, j'en fus heureuse… et confuse également parce qu'une légère tâche d'encre restait imprimée sur sa main.
Je m'empressais de conclure :
- Mais je vous ennuie peut-être avec toutes mes explications ?
- Non, non, je vous en suis reconnaissant mais il faut tout de même que je vous quitte. Nous nous verrons le 15 avril au restaurant la Petite Forêt ?
- La fête n'est pas annulée ?
- Non, j'ai besoin d'être entouré par mes amis pour faire face…
alors je maintiens la fête !

J'observais la silhouette de Jean dodeliner sur le pont en ce printemps rêvé. J'étais heureuse. Heureuse d'être officiellement l'une de ces amies. Je possédais, qui plus est, un mouchoir que je prévoyais de ne pas lui rendre lors de la fête pour conserver une autre chance de le revoir. Le 15 Avril, j'arrivais à midi, prétextant que mon oncle avait annulé son anniversaire pour raison de santé.

***

- Marcelle ! Marcelle ! Ben elle est où cette vaurienne ! Marcelle, c'est Monsieur Jean qui vient voir notre fille… enfin, je veux dire, lui rendre visite… mais t'es où non de…
- Aux toilettes !

D'une certaine manière j'étais rassurée que mes parents se comportent comme à l'accoutumée devant Jean, un peu gênée aussi. Jean venait de temps en temps. Nous nous asseyons sur le banc posé sur le grand mur de l'imprimerie et nous discutions amicalement. Il soufflait sur nos conversations un doux air de cour et de charme. Je le laissais me flatter, il me laisser minauder, je riais bêtement, il saisissait ma main, je dégustais ses créations, il s'intéressait aux techniques d'impression… nous partagions une telle complicité qu'un jour il m'annonça : Mon père veut me marier à la fille du maire.

Mon regard s'échappa vers l'horizon. La brume automnale glissait de la montagne cuivrée en emportant ses parfums résineux. Doucement les ombres envahissaient la vallée. Au loin quelques monuments résistaient à la nuit : la façade blanche de la mairie, surplombée de son majestueux pignon aux poutres rouges ; la flèche grise de l'église Saint-Nicolas ; la lumineuse chapelle Notre-Dame du Bon secours perchée sur les hauteurs du Grand Rombach. Le silence venait de glacer notre belle amitié, le silence et une larme sur la joue de Jean. D'une main tremblante il ramassa ses affaires et me salua tristement.

***

- T'es sûr que tu veux le faire, ma fille ?
- Oui papa, maintenant va-t-en.

Mon père avait quitté l'atelier, me laissant seule avec le texte qui brisait ma vie.

« Monsieur & Madame Pierre Schoubart-Rasson vous prient de leur faire l'honneur d'assister au Déjeuner qu'ils donneront le Dimanche 15 octobre 1961 à 13 heures, dans les salons du Cercle de Rombach à l'occasion du mariage de leur fille Lucie avec Monsieur Jean Ruellan.
RSLP »

Devant moi, les caractères métalliques défilaient, se fondaient en lignes luisantes comme les lames de couteaux que l'on me plantait dans le cœur. J'étais effondrée par cette nouvelle qu'il me fallait annoncer, effondrée sous le poids du désespoir, fatiguée. Durant des mois, j'avais accueilli Jean, l'invitant à s'ouvrir. J'avais repoussé les prétendants, oubliant le temps qui passait, si cruel pour les femmes en âge de se marier. J'avais été imprudente, insouciante, je n'ai jamais imaginé que le père de Jean viendrait briser notre idylle par le mariage arrangé d'un autre temps. Je savais que Jean souffrait de la situation, mais par manque de courage ou par trop de respect, il refusait de s'y opposer.

Sous la presse, j'encrais le texte métallique, faire-part signant la mort de mon premier amour. Rapidement, le papier vint reproduire le crime. Le bruit cadencé de la machine me semblait plus fort que jamais, martelant mon cerveau, broyant mon sourire, faisant couler dans mes veines de l'encre noire.

J'étais abattue, presque soulagée aussi que cette page se tourne.

Trop longtemps j'avais attendu sa demande, subissant les revers à épisode d'une histoire compliquée. D'abord ses fiançailles annulées au dernier moment, ensuite sa cour trop discrète. J'étais lasse, prise dans un filet qui ne me convenait pas.

Je payais ma liberté mais j'étais libre.

Il me fallait reprendre ma vie en main.

Bientôt, la presse acheva son travail et sans même ranger l'atelier je rejoignis ma chambre en ignorant le repas. Je ne dormis pas, écoutant les échos d'une discussion feutrée à table puis le bruit familier du ruisseau sous ma fenêtre.

Le lendemain, Jean vint récupérer le paquet. Je le posais sans dire un mot entre ses mains et cela acheva nos adieux. Je n'eus pas le courage de relire le texte, de regarder Jean s'éloigner, de refermer la porte. Je restais un long moment le dos courbé devant mon bureau, ressemblant sans doute à ma mère dans cette position.

Combien de temps suis-je restée ainsi stoïque ? Quelques heures sans doute. J'aurais pu m'extraire du monde encore toute la journée si Jean n'était pas revenu en fin de matinée.

- J'accepte Andrée, me dit-il souriant.

- Tu acceptes quoi ?

- Notre mariage.

- Ne joue pas avec mon cœur Jean. Ne sois pas sadique !
- Je suis sincère Andrée. Ce matin, quand mon père a lu les faire-part, il a d'abord été furieux. Et comme je n'en avais pas connaissance, il m'a lu le texte. Tu as été géniale Andrée et tu m'as donné le courage de m'opposer à lui. Bravo ! Excuse-moi de ne pas avoir eu cette force de caractère, excuse-moi de t'avoir trahie, mais maintenant grâce à toi et à ton faire-part, tout est revenu dans l'ordre !

Je ne comprenais rien. Jean était posté devant moi, son ravissant sourire plaqué devant mes yeux, le faire-part à la main. Je le saisis et en pris connaissance.
« Monsieur & Madame Marcel Meyer Wolf vous prient de leur faire l'honneur d'assister au Déjeuner qu'ils donneront le Dimanche 15 octobre 1961 à 13 heures, dans les salons du Cercle de Rombach à l'occasion du mariage de leur fille Andrée avec Monsieur Jean Ruellan.
RSLP »

Les noms avaient été échangés ! À l'emplacement prévu pour celui de Lucie Schoubart, la fille du maire, se trouvait le mien Andrée Meyer.
Je me précipitais sur la presse encore souillée de l'impression de la veille. Le bloc métallique était là, portant le nom de Schoubart. Je n'avais pas fait d'erreur. Le faire-part que possédait Jean ne venait pas de mon atelier.
Mon père ? Pourtant la nuit fût calme, il était impossible qu'il ait pu imprimer sans que je l'entende. Quoi d'autre ? Jean ? Il n'aurait pu, en si peu de temps, faire imprimer l'exacte copie de la carte à l'imprimerie de Colmar, c'était trop loin, trop fou ! Non, c'était donc mon père. Mon père ! Il me fallait en avoir le cœur net.
- Papa ! Papa, viens ici et explique-moi ça !
En le voyant s'enfuir en courant vers son potager je n'eus plus de doute. Ce brigand avait réussi un nouveau tour de magie : imprimer un contre-faire-part pour forcer Jean à dévoiler son amour à son père.
- Papa, viens ici ! Comment as-tu osé !
Comment avait-il pu faire cela sans m'en parler ? Sans que je ne m'en aperçoive ? Sans avoir l'honnêteté de partager ses plans machiavéliques ? Sans… Je fis demi-tour et me précipitai dans les bras de Jean. Il chuta sous le poids de mon étreinte. Je l'embrassais, le couvrais de baisers chauds, l'enlaçais de mes bras fous, et nos rires se mêlèrent. Mon père revint il n'aurait manqué ce spectacle pour rien au monde. À genoux dans

l'herbe, reprenant son souffle. Il ne l'avoua jamais mais fut tellement ému qu'il oublia d'appeler ma mère. Elle lui reprocha jusqu'à sa mort.

***

- Marcel, t'es pas en train de le bercer là le bébé, tu le secoues ! Va avoir le mal de mer le pauvre !
- Tais-toi ! Tu vas me le réveiller. Tu sais pas ce qui est bon pour lui de toute façon ! Y'a trop longtemps que t'as plus de bébé.
- Toi non plus !
- Ça ! Tu sais pas...
- Salaud !

Jean et moi vivions à l'étage. C'était pratique. Je pouvais travailler à l'imprimerie et me rendre disponible pour Etienne, notre premier enfant, à tout moment. Maman et Papa se disputaient sa garde toute la journée, parfois même la nuit.
La vie d'un imprimeur peut se raconter à travers les bristols qu'il publie.
« Monsieur et Madame Jean Ruellan sont heureux de vous faire part de la naissance de leur fils Etienne. Le 28 septembre 1963. »
« Jean, Andrée et Etienne Ruellan ont la joie de vous annoncer la naissance de Marie, le 11 Juin 1965 »
« Souvenez-vous dans vos prières d'Adrien Ruellan, rappelé à Dieu le 30 septembre 1967, quelques jours après sa naissance. Miséricordieux Jésus donnez-lui le repos éternel. »
« Jean, Andrée, Etienne et Marie ont la joie de vous faire part de la naissance de Nicolas. Le 7 décembre 1969. »
« Madame le maire a le plaisir de vous convier à la soirée de gala donnée en l'honneur du Maître Pâtissier Jean Ruellan, couronné par le prix du Meilleur Ouvrier de France au concours de Paris de Mai dernier. Lors de cette soirée de bienfaisance, il vous sera possible d'acheter aux enchères les plus belles créations de l'artiste. Les dons ainsi récoltés seront reversés au profit de l'association des mal-voyants et non-voyants de France. »

***

- Andrée, il faut que je te parle, chuchota ma mère.
- Tais-toi Marcelle !

- Non, il est temps que je lui dise, Marcel, avant que tu ne partes.
- Tais-toi vieille bique, t'as plus toute ta tête !
- Et toi, t'as plus longtemps à vivre vieux débris, alors laisse moi lui dire, ça te regarde plus.
- Salope !

Mon père était alité depuis une dizaine de jours et le pronostic vital sérieusement entamé. Il avait ordonné son retour à la maison d'un définitif « Je ne veux pas mourir à l'hôpital !» et depuis notre fidèle médecin passait tous les jours à son chevet. Je continuais à faire tourner l'imprimerie mais souvent ma mère n'avait plus la force de garder les enfants et je fermais précipitamment pour aller les chercher au collège. L'hiver, comme prévenu des événements, été déjà arrivé alors que nous n'étions que début novembre. Les rues se couvraient de neige, offrant une atmosphère froide et feutrée propice au repli dans les foyers. La nature attendait, silencieuse, que mon père expire son dernier souffle. Ma mère voulait me parler.

- Il faut que tu sois sûre, ma fille, que ton père fût un héros de la guerre. Même s'il partira avec son secret, ce mystère ne doit jamais te faire douter qu'il a combattu pour la France toute sa vie. Il n'a rien contre les Allemands, rien, il s'est seulement senti français toute sa vie et n'a jamais trahi son cœur.
- Je sais maman, ne t'inquiète pas, j'ai toujours su que papa méritait sa Médaille de la Résistance.

Ce matin-là, je devais honorer une commande pour la carte de vœux de Ribeauvillé et de Riquewihr, un quatre-pages regorgeant de couleurs qui racontait la traditionnelle « Fontaine de vin » coulant chaque été au cœur du village et offrant du Silvaner à volonté. Il était tôt, la journée s'annonçait longue et Jean entra.

- Elle fait un bruit bizarre ta machine aujourd'hui.

Devant mon silence, il eut soudain l'air dubitatif et sortit immédiatement. *« Il va être en retard à la pâtisserie »* pensais-je. Cette impression se mut en certitude lorsque Jean revint une dizaine de minutes plus tard.

- Viens avec moi, me dit-il d'un ton qui ne souffrait aucune discussion.

Je laissais immédiatement mon ouvrage, abandonnant la machine au milieu d'une feuille. Jean me guida dans le jardin, le long du mur extérieur de l'atelier, vers le potager. Là, nous traversâmes les plans de tomates et il souleva les feuilles du grand sapin sous lesquelles se trouvait une trappe. Je n'avais jamais vu cette entrée auparavant, il me sembla qu'il

était impossible qu'elle soit là, je connaissais si bien mon jardin. Jean tira a poignée et nous découvrîmes un escalier de pierres, en colimaçon, du fond duquel émanait une lueur. Je descendis la première.
Quelques bouteilles de kirsch ornaient les marches, voilà donc la cachette de mon père, près du potager, qui lui permettait de s'enivrer lors des siestes estivales. Ainsi, lorsque ma mère lui demandait des tomates, elle l'autorisait, en fait, de façon codée, à s'octroyer une petite pause. La complicité de mes parents était décidément exceptionnelle.
- Nous avons découvert la cachette de papa, chuchotais-je à Jean avec un sourire d'enfant.
- Tu n'entends pas ? Descends encore…
Les quelques marches qui suivirent me donnèrent l'impression d'approcher l'enfer. Progressivement l'odeur familière se fit plus présente, la fusion du métal, la graisse des rouages, plus acre, l'odeur de l'encre. Sous mes yeux ébahis s'étendait une cave pauvrement éclairée d'ampoules à filament d'une autre époque. Et au milieu de cette immense galerie dans laquelle il fallait se baisser pour se déplacer, les mêmes machines que quelques mètres plus haut. Mes parents possédaient deux imprimeries, l'une officielle, l'autre clandestine, et c'est là qu'avait était imprimé tous les tracts de la résistance durant la guerre. Alors que mon père faisait tourner les machines dans l'atelier, ici, d'autres machines tournaient exactement au même rythme, avec la même sonorité, de façon à ce que personne ne puisse entendre les bruits de l'imprimerie clandestine. La plupart des imprimeurs clandestins se sont fait prendre la nuit, ici, c'est le jour que tout se jouait. Qui aurait pu percevoir la nuance à part mon cher mari qui, à cause de sa cécité, avait développé ses autres sens ? Je me tournais vers Jean, admirative de sa perspicacité. Et c'est là, que je vis ma mère, dans l'embrasure de l'escalier et derrière elle, caché sous les marches, un berceau. Là, oublié depuis des années, usé par des saisons humides, abandonné dans un coin.
Mes parents n'ont jamais osé m'avouer leur secret parce qu'il avait honte. Honte de m'avoir mêlé au danger, honte de m'avoir fait supporter le bruit terrifiant des machines alors que j'étais encore nourrisson. Il était là, mon berceau.

L'histoire se reconstitua. Ce décor plein de poussières et de toiles d'araignée dévoila soudain son passé à mon imagination. Ce n'est pas mon père qui faisait tourner les deux imprimeries, ma mère était dans cette cave toute la journée, courbée pour faire tourner ces machines assourdissantes, pour s'occuper de moi, me bercer, me nourrir, me protéger. Durant toute la guerre, elle s'est cachée ici avec son enfant, attendant le départ des soldats pour sortir. Prisonnière volontaire, elle devait écouter le bruit des machines au-dessus pour régler son bras au même tempo. Elle connaissait le bruit de tous les mécanismes et savait régler les siens pour se fondre dans le mouvement. La moindre erreur aurait mené mes parents au peloton d'exécution, une machine qui s'enraye... le secret de mes parents tenait à l'épaisseur d'une feuille de papier. Ma mère devait être une louve à la vigilance perpétuellement en éveil. Le poids de ces années d'angoisse a pesé définitivement sur son dos courbé. Elle méritait la Médaille de la Résistance autant que mon père mais comme beaucoup de femmes à cette époque elle savait bien que les honneurs reviendraient naturellement à son mari.

Qui d'autre aurait pu accomplir un tel acte de bravoure ? Tellement de femmes sont restées dans l'ombre ainsi, partageant avec leur seul mari le secret de leur courage dans une complicité immuable. Le contrat entre ma mère et mon père était simple : l'amour suffisait, pour le reste le mari serait la représentation officielle du couple.
Ma mère se précipita dans mes bras, comme une enfant perdue, le corps animé de spasmes et un long sanglot dans la voix.
- Je voulais partir, que vais-je devenir sans Marcel, après toute une vie à ces côtés, après ce que nous avons traversé. Pardonne-moi Andrée mais j'ai voulu partir, j'ai voulu en finir. Pardonne-moi ma fille chérie, pardonne-moi, pardonne-moi.
Je tenais ma mère au creux de mon ventre, frottant le dos qui la faisait tant souffrir, caressant ses cheveux fatigués. J'aurais voulu la porter, la couvrir de baisers, la faire rire, la faire danser, je ne pouvais que la serrer de mes bras impuissants.

Dans sa main, un faire-part marqué d'une croix.
« Monsieur et Madame Jean Ruellan, leurs enfants,
Etienne, Marie, Nicolas, leurs petits-enfants,
Monsieur Henry Wolf
Vous font part du décès le 7novembre 1980 de
Monsieur Marcel Meyer, dans sa 70e année
Et Madame Marcelle Meyer née Wolf, dans sa 69e année

Ils seront inhumés à Sainte-Croix-aux-Mines dans le caveau familial.

Souvenez-vous, Seigneur, de celle qui fut si bonne à l'égard de ceux qui l'entouraient, si bienveillante pour ceux qui l'approchaient. ST AUGUSTIN. Il fut homme de devoir, modeste, simple, droit, bienveillant pour tous. JOB

Miséricordieux Jésus, donnez-leur le repos éternel. »

- Maman… Tu n'allais pas partir Maman ? Ma petite Maman des montagnes. Tu n'allais pas faire une bêtise ? Nous sommes là, nous. J'ai besoin de toi. Si papa s'en va, il faut que tu restes pour nous. Quelle idée de vouloir en finir... j'ai encore besoin de toi, maman.

Dans mes bras, ma mère. Cette femme qui avait changé les destins avec des petits bouts de papier. Durant la guerre, protégeant l'information face à la propagande, durant ma vie, changeant le nom de la mariée sur le faire-part de Jean. Cette femme, ce jour-là, la seule fois où elle avait choisi d'utiliser son arme pour elle, contre elle, je l'en avais empêché.

Sous la couverture

Mon ventre me fait mal. Mon ventre m'a toujours fait mal. Les médecins n'ont jamais rien trouvé. Une ou deux fois par an, la douleur me tord les entrailles jusqu'à me faire espérer la mort.
Comme d'habitude, je me suis traînée jusque mon banc, le souffle coupé. Du plus loin qu'il m'en souvienne, je me suis assise ici à chaque fois qu'au milieu de la nuit, j'avais besoin de me blottir. J'ai si souvent contemplé cette place, ces lampadaires orange, la fenêtre de la mairie encore éclairée - un oubli ou un fonctionnaire zélé - jusqu'au lever du jour.
Alors, je regagnais discrètement la maison.

Je me souviens les interminables examens gynécologiques. On m'avait dit qu'ils pouvaient être pénibles mais la plus grande souffrance, c'est le regard du médecin qui vous dévisageait avec la certitude que vous n'aviez rien. *« Non rien d'anormal rien qui explique vos douleurs il n'y a aucune raison que vous ne puissiez pas avoir d'enfants il faut un peu de patience tout cela va finir par arriver faites confiance à la médecine. »* Une fois son verdict asséné, sans virgule ni respiration, il laissait flotter un silence suspicieux comme pour signifier qu'il ne fallait plus le déranger et prescrivait, magnanime, quelques pilules sécables.

De la patience, j'en ai eu. Personne ne dira le contraire, ni mon mari, ni les médecins : je les ai tous enterrés. Et ces douleurs, je ne les ai pas rêvées, ni le reste, ni tout le reste. Les roses peuvent en témoigner.
Ils sont là, mes beaux rosiers, qui fleurissent aux yeux des passants émerveillés. *« Comme la mairie a bien fait de planter ces arbustes ornementaux sur le parvis ! »* Tout le monde s'accorde là-dessus.
Le plus ancien a cinquante ans et fait la fierté de la commune. Des botanistes viennent de très loin pour constater le miracle. Ils sondent, ils auscultent, ils questionnent le vieux jardinier qui refuse de donner son

secret. Ils prélèvent de la terre, coupent une fleur qu'ils glissent avec précaution dans un sachet hermétique. Les plus impudents arrachent même quelques racines. Puis ils regagnent leur laboratoire et analysent leurs végétaux pour ne trouver rien d'autre que… des végétaux.
Ils oublient l'essentiel, ce qui ne se trouve pas dans des expériences en milieu stérile : l'amour.
Car je les aime, ces rosiers, je les aime depuis qu'au cœur de la nuit je les ai plantés ici. Oui, c'est à moi qu'on les doit. À chaque fois, le même rituel. Les genoux enfoncés dans la terre, j'ai creusé de mes mains le trou destiné à les accueillir, griffant le sol de ma rage et disposant délicatement les racines avant d'arroser généreusement le pied. Puis, fatiguée par ce travail clandestin, je m'asseyais sur mon banc-refuge pour contempler ma création et, profitant du silence, osais une petite prière.

Le jardinier n'a jamais dévoilé son secret, parce qu'il ne le connaît pas. Il ignore qu'une femme qui habite à deux rues d'ici lui a offert six magnifiques rosiers d'une longévité exceptionnelle. Il ne sait pas comment ces plants sont arrivés là, mais il les entretient, les embellit et s'en enorgueillit. S'il savait, il ferait retirer le banc pour que je ne puisse plus jamais m'y reposer. Je le vois souvent, ce gentil jardinier. Il devrait prendre sa retraite, mais ce serait renoncer aux honneurs. Chaque année, la floraison majestueuse lui vaut son heure de gloire, son passage télévisé. Je regarde l'interview dans le salon et je me gausse de ce pantin. Même si ses doigts noueux comme des sarments donnent le change, ils n'ont jamais pétri cette terre pour y planter un rosier. Je ne dis pas qu'il n'officie pas avec talent dans d'autres jardins, mais aucun n'attire la foule comme mon œuvre.

Même Jean, mon pauvre mari, s'était pris au jeu du pèlerinage. Chaque printemps, il m'emmenait déjeuner sur la place, en terrasse. Nous dégustions notre repas en savourant le doux parfum fleuri. Si seulement nous avions eu un jardin ! Nos revenus nous obligeaient à nous contenter d'un balcon. Pourtant, il travaillait, le brave homme, toujours sur les routes, quatre jours et trois nuits par semaine à livrer tantôt les œufs tantôt les poules. Il rentrait si fatigué qu'il ne quittait presque jamais le canapé.
Il puait la cocotte, mais notre amour et notre désir d'enfant n'en n'avaient cure. Jean m'a offert sa vie dans l'espoir que nous allions former une famille, caressant le rêve d'un fils pour lui succéder. Il m'a offert sa vie et

je n'ai pas réussi à la donner. Nous avons attendu la venue d'un enfant, chacun de son côté. Nous n'avons pas été malheureux : nous nous aimions et nous nous sommes tout pardonné, ma tristesse, ses infidélités, mes secrets, son alcoolisme, nos vies si différentes. Et puis, un jour d'automne, des gendarmes se sont présentés à ma porte. Accident, semi-remorque en feu sur la départementale, désolé.
Il y eut un long silence, beaucoup plus long que celui d'un médecin suspicieux, assez long pour laisser passer un refrain de Joe Dassin à la radio (Je n'aime pas Joe Dassin, il chante des chansons tristes avec le sourire), long et sinistre avant que mon cri et mes larmes ne viennent couvrir sa voix.
« Tous ces œufs renversés sur la route... le feu en a fait une drôle d'omelette ! » témoignera un automobiliste à la première journaliste qui lui accordera de l'intérêt. Le dernier souvenir de mon Jean, la carcasse de son camion à la télévision. Ce fut d'autant plus douloureux que, depuis longtemps, même lui n'y croyait plus.

Lorsque j'étais tombée enceinte la première fois, je ne lui avais pas dit tout de suite. Mon ventre, je le savais, pouvait s'affoler et je ne voulais pas lui donner de faux espoirs. J'étais heureuse, je brûlais de lui annoncer cette grande nouvelle mais, au plus profond de moi, je sentais qu'il fallait attendre. Attendre que le bébé soit bien installé.
Une nuit, alors que j'étais seule, les douleurs que je redoutais tellement m'ont réveillée. J'étais trempée de sueur et surtout, de sang. Je suis restée de longues minutes à contempler le matelas sous la lumière vacillante d'une bougie. Je me souviens de cette couleur sombre qui se répandait dans mon lit comme une ombre. Puis les douleurs sont revenues, plus fortes et plus sourdes à la fois. Mes jambes ont abdiqué. J'ai rampé jusqu'au carrelage froid de la salle de bains. J'ai imaginé Jean me découvrant inerte le lendemain et j'ai fermé la porte comme si cela pouvait changer quelque chose.
Les convulsions m'ont fait vomir. J'ai agrippé le pied du lavabo jusqu'à saigner des mains. J'ai perdu connaissance en suppliant.
Lorsque j'ai repris conscience, la bougie était consumée et une nuit calme avait envahi toute la ville. Je me suis glissée dans la baignoire, tournant à tâtons les robinets jusqu'à obtenir la température qui pouvait me rasséréner. Sans oser allumer, je me suis lavée, habillée, j'ai retiré le drap du lit pour y envelopper le petit bout de moi qui gisait sur le carrelage.

J'ai pris une plante au hasard sur le balcon et je suis sortie dans la rue pour respirer enfin.
Je crois que j'ai erré une heure avant de m'effondrer sur le banc, hébétée. La composition florale brillait au clair de lune. Je me souviens avoir pensé qu'elle manquait un peu de hauteur. C'était l'endroit idéal pour faire ce que mon cœur m'imposait. Au milieu du tapis de pensées pourpres, j'ai creusé un trou pour y déposer mon enfant. J'ai fait cela comme une bête sauvage, raclant la terre à pleines mains. J'ai embrassé le petit visage, l'ai lavé de ma langue, avant d'accepter de le poser et le recouvrir avec le rosier.

Le lendemain, dans mon lit, j'ai attendu avant d'oser regarder autour de moi. Mon ventre douloureux ne m'a pas laissé longtemps l'illusion d'un cauchemar. J'ai attendu en fixant la petite fissure au plafond, puis mes yeux ont quitté ce blanc pour affronter le rouge poisseux qui recouvrait ma vie.
Plus tard, après avoir lessivé mille fois le sol, je n'ai pu résister au besoin de me rendre là où reposait mon enfant. En arrivant sur la place, j'ai surpris le jardinier et la femme du maire en grande conversation. Elle le félicitait pour son initiative. « Un rosier s'élevant au milieu des pensées, quelle belle métaphore, mon petit Jacques ! Il est vrai que mon mari veut porter notre commune plus haut que les villages voisins ».

Six fois en quinze ans, j'ai ainsi fait le deuil d'un enfant dans le carré qui trône devant la mairie. Six fois, j'aurais préféré mourir. J'ai aussi consulté différents médecins, comme on lit l'horoscope d'un autre journal quand le premier n'est pas bon. De nouvelles pilules sont venues orner mon quotidien. J'avais l'impression d'être un cobaye, tant les doses variaient : les posologies changeaient, pas les résultats.
J'ai voulu me libérer dans l'alcool. J'ai brisé mes chaînes, c'est vrai, mais c'était elles qui me maintenaient debout.
Je ne connais pas de mot pour désigner une mère qui perd son enfant.
Ce n'est pas dans l'ordre des choses. *« Orpheline »* me paraît être le plus proche. Orpheline et veuve, je me suis laissée aller, ne quittant que rarement mon pyjama de satin rose et mon peignoir élimé. Seules mes sorties au marché m'imposaient une tenue décente. J'enfilais ce qui me tombait sous la main, j'allais acheter mes légumes, ma viande, jamais de volaille.

Parfois, une manche rose dépassait de mon manteau, j'ai d'abord eu honte, puis j'ai laissé dire.

J'ai connu d'autres hommes. Un anglais qui passait par là est venu discuter avec moi tandis que j'entretenais mes rosiers en tenue de nuit. La clope à la commissure des lèvres, l'œil droit à moitié fermé par la fumée, les mains terreuses, je n'étais pas très reluisante, je n'étais plus que cynisme.
Il semblait apprécier. Puis nous avons parlé whisky et là, il est monté.

Très vite, ma réputation m'a précédée. On m'appelait *« la pute »* ou *« la salope »*. Je n'ai plus pris la peine de m'habiller pour sortir. En pyjama et peignoir, le panier à la main, une couverture dans l'autre, je faisais peur aux enfants et cela m'arrangeait parce qu'il m'était impossible de supporter leur présence. Quelques plaintes ont été déposées. Mon anglais est parti, laissant la place à un autre marin, plus discret. C'est à cette époque-là que j'ai épousé la théière.
Notre relation a commencé très simplement. Elle me donnait rendez-vous chaque jour à la même heure pour un thé dont elle avait le secret. Elle ne posait aucune question et se contentait de me réconforter. Ronde, douce, flanquée de deux chatons peints à la main, elle était adorable. Lorsque je la prenais entre mes mains, sa chaleur se répandait dans mon corps. Parfois, je la caressais tout en dégustant mon thé. Son bec aussi me plaisait beaucoup, long, parfaitement lisse, délicatement courbé.

Nos rendez-vous me sont devenus indispensables. Ne dit-on pas *« l'objet de mon affection »* ? Aussi étrange que cela paraisse, j'avais de plus en plus de mal à m'en séparer. Elle me rassurait.
Avantage non négligeable, le whisky a la couleur du thé. À onze heures, sur mon banc et sous ma couverture, je ne choquais personne en me servant ce qui ressemblait à un Earl Grey. Je cumulais deux plaisirs : l'ivresse et l'effronterie.

Un soir je la serrais contre moi pour rentrer à la maison, je suis allée me coucher tout de suite, un peu éméchée. Je me suis réveillée au milieu de la nuit. La théière était là, dans mon lit. Je l'ai caressée par routine, cela n'a pas produit l'effet habituel, alors nous l'avons fait… et ce fut éblouissant.
Le matin venu, je me suis rendue à l'évidence : je ne voulais plus quitter ni la théière ni le lit.

Évidemment, les mœurs de l'époque ne nous ont pas permis d'officialiser notre relation. J'ai tout de même considéré que nous étions mariées, puisque toutes les circonstances se trouvaient réunies. Au diable les rabat-joie.
J'avais conscience de vivre une histoire dont il me fallait garder le secret. Cependant au fond de moi, rien ne m'interdisait cette romance. La théière m'apportait beaucoup. J'étais comme suspendue au dessus du monde. Personne ne me voulait de mal, je n'en voulais à personne, j'étais différente, c'est tout.
Lorsque le docteur Demarque est mort, mon nouveau médecin a changé l'ordonnance. Il m'a aidée. J'ai réalisé que j'étais passée par une drôle de période. J'avais sans doute flirté avec la mort. Sans Pelletier, je ne serais jamais revenue sur terre mais je garde, malgré tout, la nostalgie de ce moment où tout me paraissait possible, où j'avais confiance en l'avenir. Je ne veux pas renier ce que j'étais alors. Ce fut une période heureuse de ma vie. J'en ai eu trop peu à mon goût.
La rupture avec la théière fut fracassante. Il n'a pas été facile de recoller les morceaux. C'est précisément ce jour-là que Sophie a sonné chez moi. Encore adolescente, une valise plus grosse qu'elle, il faut dire qu'elle ne mangeait plus. Je n'ai pas compris tout de suite pourquoi elle avait décidé de venir se cacher chez *« la folle »* jusqu'à ce que les gendarmes viennent frapper à toutes les portes, sauf la mienne… Sophie et moi étions deux âmes en peine, vivant en pyjama et buvant, impavides, du whisky dès onze heures. L'alcool est calorique, elle a lentement repris du poids. Je n'ai posé aucune question, inutile, j'avais accueilli son père dans mes draps et je savais quel pervers il pouvait être.

Ma belle Sophie, les yeux cernés de désillusion, les lèvres pulpeuses, les joues creusées, la chute de reins vertigineuse. Sophie, toute en contraste et en colère, toute en refus d'elle-même. Elle se rongeait les sangs pour ne pas exploser. Parfois, la tempête grondait et les portes claquaient. Ma Sophie. Je n'ai jamais connu plus honnête fille. Incapable de mensonge, elle absorbait la réalité du monde jusqu'à l'étouffement. Sophie, boîte noire dans un océan de silences.

Progressivement, elle s'est ressaisie, se lavant, faisant un peu de ménage, chantant même parfois. Merveilleuse petite voix d'oiseau blessé. Les bouteilles sont parties moins vite, moins tôt.

Le whisky a cédé sa place au porto, puis au vin, puis à la bière.

Après le procès et la condamnation du père, d'autres jeunes filles sont venues se réfugier dans la chambre d'enfant voisine de la mienne. Le quartier était désormais au courant, les parents consentants. J'ai dû réapprendre à m'habiller tôt parce que les adolescentes ne préviennent pas avant de débarquer.

Pourquoi venaient-elles se réfugier auprès de moi ? Probablement parce que *« Mémé »*, comme elles m'appelaient, était encore un peu une adolescente, un peu révoltée, un peu originale. Pourquoi les parents aimaient-ils passer me voir ? Parce que je ne les jugeais pas et que j'écoutais leurs angoisses. Je leur donnais aussi des nouvelles de leurs filles qui pleuraient depuis deux heures côté cour. Je n'entrais pas dans les conflits, ne donnais de leçon à personne, parlais peu et me contentais d'accueillir chacun en précisant que j'avais tellement vécu que rien ne pouvait m'étonner. Je me contentais de ma vie, de ma maigre retraite, je mangeais ce qui me faisait plaisir, regardais peu la télévision, le monde est plus beau en vrai. Je n'avais plus peur de l'avenir parce qu'il ne pouvait pas être pire que le passé. La vie m'avait finalement donné des filles.
Pas vraiment mes enfants, mais un peu tout de même. Je me contentais de cela, des petits bonheurs quotidiens.
Aujourd'hui, presque trente-cinq ans après le dernier rosier planté, la douleur et cette tache de sang qui grandit entre mes cuisses annoncent les ténèbres. Je savais que je partirais par là, toute mon existence est partie par là. Avec ma vieille couverture, je cache comme je peux la flaque. Tiède, sournoise, tranquille, elle se répand sur le banc. Je n'ose plus bouger. Alors j'attends.

Je suis prête. La nuit est fraîche. Mes enfants fleuris brillent sous la lumière pâle de l'éclairage public. Le lieu est idéal : le nez dans le massif, un pyjama fuchsia parmi les roses.

Je suis heureuse d'avoir pu laisser mes dernières volontés à Sophie.
Elle seule me comprend. Elle seule… et mon banc.

Je veux être incinérée.

Je veux retrouver Jean dans les flammes.

Je veux m'élever en fumée épaisse comme lui.

Je veux que mes cendres soient répandues sur les rosiers.

Je veux rejoindre mes enfants.

Je veux les nourrir une dernière fois.

Je veux

Je suis une étoile

J'ai connu un jour de gloire, dans l'ombre c'est vrai mais tu peux me croire je n'échangerais pour rien au monde cette impression d'avoir participé à la plus belle conquête de l'homme.

Dans les années 50, je prenais parfois le chemin des contrebandiers pour me rendre en Suisse. Parcourir la montagne seule, dans le silence et presque l'interdit, était chaque fois un émerveillement. Rien n'est comparable.

Je ne résistais pas à cette escapade secrète. À l'époque, le téléphone portable n'existait pas et j'aurais pu glisser dans une crevasse, trébucher sur un rocher, disparaître dans les neiges éternelles. Le risque était réel mais le désir encore plus. Se terrer dans la neige pour n'être vue de personne, repérer la cime d'un arbre et tracer son chemin quel que soit le dévers, surprendre un bouquetin grattant la glace en quête de quelques brins d'herbe, j'aimais être l'observatrice clandestine d'un territoire ignoré.

Je partais à l'aube, les premiers rayons orangés caressaient les sommets blancs faisant scintiller la neige comme si les étoiles étaient tombées durant la nuit. Quelques craquements de branches accompagnaient le feulement de mes pas. Une avalanche parfois annonçait le redoux. Je restais impavide face à cette montagne grognant sur les voyageurs imprudents.

Un peu avant Noël 59, j'avais ainsi retrouvé mon chemin d'après-guerre, celui qui menait au marché noir de l'autre côté de la frontière.

J'en revenais chargée de cadeaux qui me semblaient introuvables en France. Je me souviens que le soleil, déjà bien haut, ne parvenait par à faire fondre les stalactites aux branches des sapins.

J’avais terriblement froid, ne ressentais qu’un fourmillement dans les pieds et savais qu’il me fallait allonger le pas si je ne voulais pas m’engourdir davantage. C’est alors que j’aperçus une masse blanche adossée à un tronc. N’importe qui aurait cru à un buisson recouvert de neige mais pas un œil averti comme le mien, exercé à traquer les douaniers camouflés. J’abandonnais mon paquetage dans une cache improvisée et poursuivais mon chemin vers l’inconnu.

Au fur et à mesure de l’approche, la forme se précisait, d’abord plus lisse qu’un arbuste recouvert de neige, bien plus lisse presque brillante comme la carlingue d’un avion, et puis des jambes se dessinaient nettement, des membres de bibendum aux tendres bourrelets. J’approchais encore, fascinée, presque amusée à l’idée d’une nouvelle trouvaille des douaniers. Emmitouflé dans cette combinaison ahurissante, l’homme ne bougeait pas. J’avançais encore, jusqu’à pouvoir le toucher, jusqu’à lire son nom sur son épaule : Gagarine. Dans son improbable camouflage, il dormait adossé à un arbre. Dormait-il vraiment ? Il semblait sommeiller mais quand je le poussais du pied il ne réagit pas. Je le secouais violemment. Rien.

J’appelais *« Monsieur ! Monsieur Margarine… Gagarine ! »*. Pas de réaction. Je fis quelques pas en arrière, dans un dernier espoir, pris un peu d’élan et me jetais de tout mon long sur l’homme. Enfin il ouvrit des yeux clairs et me regarda avec l’air interrogatif que le monde entier lui connaîtra plus tard. Youri Gagarine, à l’époque, n’était pas encore le « premier homme autour de la terre » comme l’annoncera Paris Match le 22 Avril 1961. Là, il n’était qu’un inconnu frigorifié dans un accoutrement ridicule. Je bondis sur mes jambes. Gagarine se redressa difficilement et souleva sa cagoule pour libérer sa bouche.

- J’ai froid, articula-t-il en faisant rouler le r comme un chanteur de guinguette.
- Ne bougez pas.

Je revins rapidement mon sac sur le dos et déballais les cadeaux prévus pour mes proches. L’alcool de gentiane, d’abord, que j’avais choisie pour papa. Youri Gagarine apprécia.

- Très bon mais pas très fort. J'ai plus dans mon pays.
- D'où venez-vous ?
- CCCP
- Et qu'est ce que vous faites ici ? Vous êtes tombé du ciel ?

Je lui offris un autre paquet, emballé dans un papier cadeau pour enfants. Lorsque Youri Gagarine découvrit la plaque de chocolat, il me sourit pour la première fois et dévora ce petit déjeuner avec une gourmandise sauvage. Il ignora superbement la première des politesses qui consiste à partager, à tout le moins à proposer, un peu du mets que l'on déguste devant une dame. Il reprit une rasade de Gentiane.

- Stage survie. Secret. Dire à personne.
- Il vous faut voir un médecin… un docteur.
- Pas doctor. Moi ça va.
- Il faut vous réchauffer.
- Oui.

Un silence. Un long silence et l'image de mon saut sur cet homme me revint à l'esprit. Un frisson me traversa l'échine. Avant que le silence ne devienne équivoque, je lui tendis un nouveau paquet, celui-ci rose et entouré d'un ruban de soie. Le présent que je me destinais. Youri Gagarine ouvrit la boite avec avidité et en sortit… des collants.

- Pourquoi ?
- Pour avoir chaud.
- Pour femme.
- Pour ne pas mourir de froid.
- Impossible moi mettre ça.
- Si si, il le faut, sinon vous allez avoir trop froid.
- C'est chaud ça ? Garantie moi pas mourir ?
- Oh oui, avec ça vous n'allez pas mourir. Vous auriez trop honte qu'on trouve votre corps avec des collants alors je suis sûre que vous allez tout faire pour survivre.

Il fit alors glisser sa main gauche le long de sa manche droite, comme s'il remontait un gant imaginaire. Il acquiesça d'un hochement de tête et me désigna le chemin.

Je compris qu'il fallait laisser Gagarine seul pour qu'il puisse s'habiller dignement.

Il regarda longuement dans ma direction, répétant parfois son geste pour m'assurer de sa détermination à se couvrir sinon de ridicule au moins de collants. Il savait que je garderais secret notre rencontre, comment raconter cela sans paraître folle ? J'ai descendu la montagne en souriant et lorsqu'à Noël le pied du sapin sembla dépeuplé je souriais encore de ma mésaventure.

Quelques semaines plus tard, je reçus un colis : vodka, caviar et une paire de bas très élégants. Je dus expliquer à Jean pourquoi un admirateur russe m'envoyait ainsi ces luxueux présents. Bien m'en prit parce que chaque année qui suivit, jusqu'en 1967, je reçus des bas parfois d'un goût douteux. J'aimais ces cadeaux que je ne portais pas mais qui me faisaient voyager jusque dans l'intimité des femmes moscovites... combien de touristes auraient été jaloux de ce privilège ?

Au printemps 1961, je suis allée au cinéma voir *« Rocco et ses frères »* de Visconti, avec Alain Delon. Avant le film, les actualités de Eclair Journal montraient un reportage sur l'exploit de Youri Gagarine. A la descente du bus sur le tarmac, avant de se diriger vers les officiels puis sa fusée, il s'est gratté l'avant bras droit de la main gauche. Tout le monde croit qu'il s'est gratté l'avant bras mais moi j'ai reconnu ce geste, ce code entre nous. Ce fut mon jour de gloire. J'étais pétrifiée à l'idée que j'avais pu participer à la conquête de l'espace. Mais comment le dire ? « *Quand Youri Gagarine a fait le tour de la terre, il portait mes collants* » ?

7 fois la langue dans sa bouche

Je suis militaire. ça commence mal. Médecins, avocats, créatifs promettent des soirées brillantes mais les militaires, même sans tenue de camouflage, n'ont aucun relief.

Alors, que dire à Juliette ? Après toutes ces années.

Hier, au rayon surgelés d'un supermarché mal achalandé, j'ai retrouvé son regard noisette, sa bouche charnue, ses cheveux châtains flottant délicatement sur ses épaules fines, seul le rose de ses joues s'était terni.

Elle est devenue femme aux gestes sûrs, à la voix posée. J'ai presque oublié la naïveté de mes sentiments.

Elle a accepté ce dîner, invitation timide lancée comme on demande l'heure. Comment vais-je l'aborder, elle qui me connaît si bien ?

Du plus loin qu'il m'en souvienne, j'ai toujours aimé Juliette. En primaire, ma basket a caressé le pied de la table pendant une heure en croyant que c'était le sien. Au collège, j'ai fumé pour lui plaire jusqu'à ce que j'apprenne que son père avait un cancer du poumon. Au lycée, j'ai frappé Sébastien après avoir entendu dire qu'il l'avait injuriée. Ce n'était pas le bon Sébastien. Je suis d'une maladresse légendaire quand Juliette est à mes côtés.

Que lui dire ? Je cherche l'inspiration avant de quitter mon appartement et comme souvent quand mon esprit s'évade, je croise Baudelaire au coin de la table de nuit. J'ouvre « Les fleurs du mal » aux pages usées par mes nuits sans sommeil. Je relis « La fin de la journée » puisque nous y sommes : *« La nuit voluptueuse monte, Apaisant tout, même la faim, Effaçant tout, même la honte… »*. Révélation ! Merci Baudelaire, merci pour tout.

Ce soir, pour que cette nuit soit voluptueuse, pour qu'elle apaise ma faim, je dois effacer tout, les peurs, les sentiments, et même la honte… et oser. J'aurais évidemment tout aussi bien pu penser aux Bronzés-font-du-ski : *« Oublie que t'as aucune chance, on ne sait jamais, sur un malentendu… »*. Ma conclusion aurait été la même. Mais je ne sais pas pourquoi je crois que ma démarche aurait eu moins d'élégance. Je m'accroche donc à Baudelaire et au noble courage qu'il m'inspire.

***

Je n'ai plus qu'une obsession, la surprendre. Après avoir passé les dialogues phatiques d'usage, Juliette et moi parlons depuis plus d'une heure de tout et de notre complicité. Je me lance :
- On le fait sept fois et après on s'arrête.
- Sept fois ?
- Oui, sept fois, pas une de plus, pas une de moins.
- Et après ?
- Tu redeviens mon amie, comme avant.
- Pas comme avant, ce sera impossible.
- Mieux qu'avant, Juliette, parce que le désir ne sera plus entre nous. Nous l'aurons vécu. Nous saurons à quoi nous en tenir. Nous n'aurons plus cette folle envie de découvrir le corps de l'autre.
- Qui te dit que j'en ai une folle envie ?
- Je ne le sais pas mais je l'espère.
- Ce sera pire après, y'aura le manque, me dit-elle.
- Il y a déjà le manque en ce qui me concerne.
- Oui, mais c'est un manque imaginaire. Un fantasme. Quand tu m'auras prise sept fois dans tes bras, respirée sept fois, entendue sept fois murmurer mon plaisir... tu regretteras le manque d'avant, facile à canaliser. Et moi, je regretterai d'avoir désiré follement ton corps et puis plus rien.
- Ah tu vois, toi aussi !
- Admettons, si ça peut te faire plaisir.
Elle me gratifie d'un sourire moitié-femme-moitié-mère. Elle joue. J'ai mis cartes sur table, j'ai ouvert mon jeu. Elle ne dévoile rien et me cuisine. Je demande au serveur un peu de beurre et j'enchaîne :
- Tu ne crois pas que l'imagination est plus obsédante ? Les fous perdent la notion de réalité, jamais leur chimère. Moi, j'ai plus de mal à me débarrasser d'une idée fixe, quand elle ne tient sur rien de concret.

Parce que je ne peux pas agir dessus ! Le désir est, pour moi, plus difficile à vivre que le manque.
- Parce que t'es idéaliste. La preuve, ta proposition. Et puis, pourquoi commencer une histoire qui a déjà une fin ?
Mon regard est attiré par un vieil homme qui me fixe. Assis à la table voisine, il semble hébété devant son assiette et me dévisage, l'air interrogatif.

Une personne de son âge avancé vient lui serrer la main. *« Vous êtes qui ? »* hurle le vieux grincheux vraisemblablement sourd de surcroît. La vieille dame se penche à son oreille et crie ses prénom, nom et métier de vendeuse de poissons dans les années 40. L'œil torve du vieillard s'assagit et un léger sourire dévoile une dentition façon piano déglingué. Je reprends mon argumentation :
- Il ne s'agit pas d'une histoire, mais d'une aventure.
- C'est presque soixante-huitard ce que tu me proposes.
- C'est mieux.
- Pourquoi ?
- Parce que je ne fais pas cela par souci de liberté.
- Pour quoi alors ?
- Par souci d'authenticité. Je veux vivre quelque chose de vrai avec toi. Juliette, tu es mon amie depuis plus de vingt ans, c'est du solide. Je te désire et j'espère que toi aussi. Pourquoi notre amitié ne pourrait-elle pas passer par là ? Si je t'aimais, je le saurais déjà. Je n'ai pas peur de faire sept fois l'amour avec toi. Cela ne changera rien à mes sentiments. Mais j'en ai envie.
Voilà, j'ai tout déballé, je suis totalement à sa merci. J'attends.
- Et pourquoi sept fois ?
Je souris. Si elle pose cette question c'est que l'idée fait son chemin.
- Je ne sais pas, j'ai dit ça comme ça. J'espère que ce chiffre va me porter chance…
Le vieil homme, qui me fixait tout à l'heure, reçoit maintenant les salutations d'une femme mûre. Il ne la reconnait pas. *« Je suis ta fille Papa »*. L'homme s'excuse, précise qu'il n'a plus ni mémoire ni oreille. *« Tu as encore de la voix heureusement »*. Juliette tourne la tête, interpellée par ce voisin bruyant. Elle décoche son plus beau sourire, il lui dévoile son clavier. Elle reprend :
- Et si au bout de trois fois je m'ennuie avec toi ?
- Il faudra tenir jusqu'à la septième fois. Et dans vingt ans nous rirons

ensemble de mes performances lamentables. Tu seras vieille, je ne te désirerai plus, nous pourrons en rire sans mettre en péril notre belle amitié.
- Sept fois donc ?
- Oui, sept fois.
- Sept rendez-vous ou sept fois ?
- Sept rendez-vous. Chaque acte peut contenir plusieurs scènes, du lever de rideau aux applaudissements finaux.
- ça m'étonnerait qu'on aille jusqu'aux applaudissements.
Elle saisit son verre comme enivrée par son propre bon mot, savourant une gorgée de Moulin à Vent. Du Moulin à Vent ? J'aurais dû commander du St Amour. Elle continue :
- Pourquoi tu ne m'as pas menti ? Pourquoi tu ne m'as tout simplement pas draguée ? Je suis seule, heureuse de te revoir, nous dînons ensemble de temps en temps. Un soir tu m'embrasses, je suis un peu saoule et hop.
- Pourquoi ne pas te mentir ? Tu oses me poser la question ? Mais parce que tu es mon amie.
- Et si je refuse. Je serais encore ton amie ?
Je ne quitte plus des yeux le fond de ma tasse. Le dîner touche à sa fin et je demande l'addition sans lever le visage, KO. Juliette est sans doute souriante, attendant que je relève la tête et ose affronter sa victoire.
- Ils ont des chambres à l'étage ? me demande-t-elle.
- Je ne sais pas, bredouille-je. Oui ! Enfin, sans doute. Je peux me renseigner. Tu ne préfères pas aller chez toi ?
- Non, pas chez moi, ni cette fois ni les 2 autres.
- 3 fois ? Pourquoi 3 fois ?
- Une fois pour toi, une fois pour moi, une fois pour nous…Va à la réception, je te rejoins.

Accompagné de sa fille, le vieil amnésique est en train de régler au comptoir, laissant un pourboire dans une étique assiette. Je ne l'avais même pas vu quitter sa table. Il se tourne vers moi et m'observe avec satisfaction.

« Vous, je vous connais, me dit-il souriant. Tu vois que j'ai encore de la mémoire, précise-t-il à sa fille. »

« C'est la personne qui était à côté de ta table au restaurant, papa. Juste là ! Il n'y a pas deux minutes que tu viens de partir, c'est pour cela que tu t'en souviens.»

***

Voilà, nous allons assouvir un désir en occultant nos sentiments. Soudain je me demande quel est l'intérêt. J'ai vendu mon cœur d'enfant pour des gestes d'adultes. Par trois fois nous allons trahir la pureté de notre relation. Et puis ? Le contrat passé semble nous interdire toute implication.
Je photographie chaque instant. Tellement précieux, si rare puisque je ne le vivrai que trois fois. Le moindre geste doit être gravé à jamais dans ma mémoire.
Juliette toise l'homme qui nous ouvre la porte. Cette défiance, n'est-ce pas son principal moteur en définitive ? Elle n'a pas changé. Ses cheveux lisses et châtains couvrent sa tête d'un fin voile ondulant au moindre courant d'air. Regard franc soutenu par deux joues bombées, sourire généreux ouvrant sur d'irrésistibles fossettes... Tout en elle m'éblouit.

La chambre est une plongée vertigineuse dans les années soixante-dix. Papier peint marron et beige, en imbrication de carrés inspiré d'Escher. Lustre en verre fumé. Dessus de lit molletonné couleur coquille d'œuf. Mobilier en plastique, aux angles arrondis.
Et voilà qu'une phrase des Bronzés me revient : *« J'y vais mais j'ai peur »*. J'aurais préféré Baudelaire... Où est passé le charme de ma proposition ? Nos corps nus se découvrent. Je scrute son regard, je commence, j'insiste jusqu'à ce que le plaisir lui ferme les yeux. Je me sens alors tout à fait libre, flottant au-dessus de la moquette aux motifs orange et marron.

1•

- Pourquoi as-tu accepté ?
- Tu regrettes ?
- Non, non, réponds-je en lui caressant les hanches, en embrassant ses épaules, en plongeant ma tête dans sa chevelure ébouriffée. Juliette s'allonge sur le ventre, se laisse masser doucement dans un soupir, abandonnée, et d'une voix murmurée, répond à ma question :
- Je me suis d'abord dit que c'était une idée stupide, sans intérêt, mais quand j'ai vu ton air perdu. Tu regardais ton assiette si tristement. Tu n'avais même plus le courage de me regarder dans les yeux. J'ai craqué.

- Par pitié ?
- Oui, par pitié. C'est mon défaut. Je me suis toujours faite avoir comme ça. Tu te souviens de Christophe ?
- Le brun ?
- Oui. Je n'ai jamais réussi à le quitter. Il avait ce regard de cocker. Il me fixait et je baissais les bras. Pourtant, son haleine… une infection ! J'aurais dû avoir le courage de le quitter.
- Ou de lui brosser les dents.
- Toi, c'est pareil.
- Je pue de la gueule ?
- Non, tu m'as eue avec ton regard de chien battu.

Elle se précipite sur moi, me jetant son oreiller sur la tête. Tout en riant, elle m'agrippe les bras et me chevauche. Je touche au bonheur, elle aussi j'espère. J'essaie d'oublier que nous avons peu de temps. Elle, au contraire, semble motivée par le chronomètre, gourmande de chaque instant.

- Il faut que je te laisse, me dit-elle après quelques minutes d'un demi sommeil.
- Tu rentres chez toi ?
- Oui.
- Pourquoi ?
- Je rentre chez moi parce que c'est chez moi.
- Pourquoi maintenant ?
- Parce qu'il est largement l'heure que je rentre chez moi. Demain, je bosse et toi aussi.
- Nous pouvons partir le matin.
- Non, c'est gentil. Une autre fois peut-être. Là, je dois rentrer chez moi.
- Tu me caches quelque chose, Juliette.
- Toi, tu m'as bien caché ton tatouage dans le dos.
- Ah, ça ! J'ai vu ton regard tout à l'heure. Tu semblais surprise.
- C'est qu'il est grand.
- J'étais jeune et bête.
- C'est quoi ce visage de profil ? Ca veut dire quelque chose ?
- C'est bête je te dis.
- Dis-moi pourquoi et je te dirai si c'est bête.
- C'est le visage de l'affiche des « *Bronzés* ». J'étais jeune, je faisais partie

du fan club. Et puis, comme un défi, on s'est tous tatoué ce bonhomme avec ce grand nez dans le dos. Au début ça nous a fait rire, ensuite on a compris qu'on avait fait une connerie.
- Moi, j'ai toujours voulu apprendre les paroles de New-York-New-York et les chanter en descendant les escaliers d'un hôtel mais je n'ai jamais osé pour l'instant.

Elle sourit. Nous quittons la chambre et une indicible distance se crée. Imaginez un couple, n'importe lequel, nous sommes encore à mille lieux communs de cette représentation. Notre duo est improbable. Quelque chose choque. Je l'ai vu immédiatement dans le regard du réceptionniste. Juliette est toute en féminité, élégance, lumière. Et cette pointe d'audace dans les yeux, qui la rend irrésistible, mais qui doit déranger tout de même. Je suis tout l'inverse ; militaire d'allure, timide en réalité. J'essaie de ne provoquer personne mais les regards que l'on nous lance ne me trompent pas. Juliette elle-même n'est pas tout à fait à l'aise hors de cette chambre d'hôtel, sa main se raidit, son visage me fuit, son corps s'éloigne et son regard est plus défiant que jamais. Notre parenthèse enchantée est finie.

Pour la détendre, je lui raconte que dans une heure nous serons dans nos lits respectifs, lisant sans doute. Elle est plongée dans George Sand. Je lui parle de Baudelaire. Je ne sais pas pourquoi mes découvertes littéraires se sont toujours faites sur l'oreiller. Du reste, le mot littérature ne commence-t-il pas par lit ? Elle sourit à peine. Je la regarde s'éloigner, avec mes yeux d'enfant, et disparaître. Je sais que je vais la revoir. Ce confort devrait me satisfaire. Au contraire, j'appréhende notre prochaine entrevue. L'obliger à me retrouver n'est-ce pas l'emprisonner ? J'aimerais tant que cette expérience soit une libération pour elle. Les sentiments ne se provoquent pas, peuvent-il s'apprivoiser ? Elle m'a généreusement offert son corps, magnifique, idéal, et elle a découvert le mien. Notre deuxième rencontre sera physique ; sera-t-elle chimique ? Elle ne veut pas que nous allions chez elle. Chez moi, c'est une caserne. Nous nous retrouvons à l'hôtel. J'ai l'impression qu'il me faut à nouveau provoquer la chance. J'ai franchi une première marche, il me faut maintenant entrer dans son intimité. Oser encore.

2 •

- Oh, oui, ça c'est bon ça Juliette.
- T'aimes ça ?
- Oui ! Ouh. Mais qui t'a appris ça ?
- Tu oublies que je suis infirmière.
- On apprend les massages aux infirmières ? Attention, les patients vont y prendre goût.
- T'as un nœud là. Je ne sais pas comment ils te soignent à l'hôpital militaire mais ton dos est complètement en vrac.
- Ils me soignent comme dans un hôpital militaire. Si tu peux marcher, t'es en pleine forme.
- Et bien moi je te prescris de rester au lit toute la nuit avec une infirmière pour te soigner.

***

- Au fond, je crois que j'ai toujours eu une petite attirance pour toi. Mais ça n'a jamais été possible.

Elle me dit cela après un long silence, dans le noir de la chambre d'hôtel où nous nous sommes donné rendez-vous pour la deuxième fois.

- Tu ne m'as jamais donné le moindre signe de tes sentiments.
- Comment aurais-je pu imaginer que j'avais mes chances ?
- Oui, je ne comprends pas moi–même mais le fait est là. J'ai toujours eu des sentiments pour toi et pourtant nous n'avons jamais…
- Ce n'est pas de ma faute. Moi, je t'ai dit tout de suite que je t'aimais. Dès la sixième.
- Et tu ne me l'as jamais redit.
- Parce que je n'ai jamais senti que tes sentiments pour moi avaient changé. J'ai toujours cru que tu voulais juste être mon amie, et rien de plus.
- J'étais très heureuse comme ça.
- Mais pas moi !
- Alors il aurait fallu que t'essayes encore. J'aurais peut-être accepté finalement. J'aimais bien être avec toi. On aurait pu… ça n'aurait pas marché ! Au deuxième refus tu m'aurais dit d'aller voir ailleurs.
- Peut-être.

La pièce est sombre, moi aussi, de plus en plus. Dans le silence de

notre lit, j'entends sa respiration calme. Son aveu ne la bouleverse pas. Elle murmure :
- Il ne faut rien regretter tu sais. Tu n'as pas pris le risque de me perdre et peut-être que t'as eu raison. Aujourd'hui, tous mes amours d'enfance ont disparu, toi, t'es toujours là.
- Nous aurions pu ne jamais nous revoir Juliette. C'est un hasard incroyable. Se retrouver à Bitche, au fin fond de la Moselle ! Ton argument ne tient pas. Si tu avais revu Sébastien, ici, à ma place, cela se serait déroulé de la même manière ! Vous vous seriez donné rendez-vous, une fois, deux fois et puis vous auriez conclu que quitte à passer du temps ensemble…
- D'accord, mon argument ne tient pas debout. D'ailleurs ce n'était pas un argument, c'était un compliment, un remerciement, un encouragement. Tu n'es pas comme les autres et tu le sais.

Je sens le souffle d'un rire étouffé sur mon épaule.
Sa main devient plus pressante et ses lèvres me volent un baiser.
Je ne résiste pas.

***

- On ne serait pas mieux dans ton superbe appartement ?
- Ici, c'est un peu chez nous, non ?
- Non, tu vois bien le regard réprobateur du réceptionniste.
Pourquoi ne veux-tu pas que j'entre chez toi ? Écoute, tu te souviens tu as dit « trois » fois, c'est ça, une fois pour toi, une fois pour moi, une fois pour nous. Alors voilà, la première fois c'était pour nous, aujourd'hui c'est pour toi, la prochaine c'est pour moi et c'est chez toi.
Elle soupire pendant que j'espère. Elle hésite alors que j'insiste. Et pour faire pencher la balance de mon côté, j'utilise mon arme secrète, ce regard qui la fait craquer.
- C'est que… J'ai un enfant, m'avoue Juliette après un long silence.
- Un enfant ?
- Oui, il s'appelle Nathan.
- Nathan ?
- Tu vas répéter bêtement ce que je dis encore longtemps ?
- Ben merde, tu ne me l'avais pas dit ! Il a quel âge ? Et son père ?
- Nathan a sept ans et son père doit avoir passé la trentaine. Mais son père est loin et je ne veux pas en parler aujourd'hui. Il est sorti de ma vie.

Si je te l'ai dit c'est parce que j'ai confiance en toi. Je ne présente pas n'importe qui à Nathan.
- C'est gentil.
- Et il y a une condition.
- J'écoute.
- Un képi.
- Un képi ?
- Si tu veux entrer chez moi, vient avec un képi.
- Tu es fétichiste ?
- T'es bête !

***

Un képi pour un rendez-vous, notre relation tourne au ridicule. Trouver un képi est d'une facilité enfantine, tous les brocanteurs français en proposent.
Alors pourquoi avoir conditionné l'entrée chez elle à cet objet dérisoire ? Est-ce pour Nathan ? Que va-t-il penser de moi ? Je crains son regard plus que celui de n'importe qui. Soudain, notre relation devient plus complexe. De quoi ai-je envie, finalement ? De Juliette, adulte et mère ou de réaliser un rêve d'ado ?

L'enfance : on passe son enfance à la fuir et le reste de sa vie à la rechercher. J'ai cru qu'un peu de neige, une guirlande et un arbre dans le jardin pourraient faire vivre Noël au printemps. J'ai cru à l'étincelle dans son regard.
J'ai cru à notre relation. J'ai cru que rien n'avait changé. Mais sous ses caresses, au lieu de redevenir enfant, je n'ai fait que perdre un peu de mes rêves. J'aurais tellement voulu retrouver l'insouciance.

J'ai aussi cru pouvoir faire naître en elle le désir d'aller plus loin. Je n'ai réussi qu'à sacrifier mes souvenirs sur l'autel du stupre. Nous allons nous voir pour la troisième fois. La dernière fois. Je me présente avec un képi à la main, moi qui exècre cette peau de militaire. Dans le miroir de l'ascenseur, je me regarde, le visage triste, l'habit sombre qui cache mes épaules trop fortes, le képi en berne, j'ai l'impression d'enterrer un collègue. Je voulais entrer dans son intimité, pas dans son jeu. Pourquoi n'a-t-elle pas accepté sept rencontres ?

Nous aurions pu donner une chance, un sens, à cette histoire. Entre un coup d'un soir et une relation qui commence, il n'y a pas grand chose, seulement l'envie d'essayer, une poussière d'optimisme.

3 •

- T'as le képi ? me demande-t-elle excitée.
- Oui, regarde. Il te convient ?
- Génial ! Tu peux entrer. Commence la visite de l'appartement par cette pièce s'il te plait.

Sur les murs blancs du couloir, de grandes photos noir-et-blanc de Juliette et de Nathan, tout sourire, pas d'homme. Mes pas font un peu grincer le parquet ancien-rénové, brisant le silence auquel s'était suspendu le temps. Je longe une bibliothèque Ikéa très fournie de romans et de dessins d'enfants, précédant Juliette et sa respiration soutenue. J'ouvre. Nathan m'attend, assis sur son lit.
Il n'a pas l'air surpris de me voir arriver, qui plus est un képi à la main.
- Bonjour madame, me dit l'enfant.
- Euh... bonjour.
Juliette nous présente.
- Ludivine, je te présente Nathan, mon fils. Nathan, je te présente Ludivine qui t'a apporté un képi pour ta collection.
- C'est vrai, c'est pour moi ?
- Euh, oui. Tiens. Tu as une collection de képis ?
- Non, une collection d'objets militaires. J'ai un T-shirt camouflage, une caisse de grenades vide, une paire de chaussettes, une douille, une boussole cassée, un bout de parka...
- Comment tu as eu tout ça ? C'est les copains de ta maman qui te ramènent ces trophées ?
- Mais non, c'est quand on va dans la forêt les chercher le dimanche ! Le képi, c'est vraiment pour moi ? Je peux le garder ?
- Euh, oui. Oui, c'est pour toi... C'est cadeau.
- C'est génial !
- Allez Nathan, c'est génial mais je t'avais dit qu'après la venue de Ludivine il faudrait aller te coucher. Alors tu fais une bise et je viendrai te border dans quelques minutes.

- C'est génial, Maman m'avait dit que t'étais géniale !

Juliette referme la porte doucement et me pousse vers le salon.
- Je suis éberluée et ma tête la fait sourire.
- J'avais peur, m'avoue-t-elle.
- Peur de lui présenter une copine ?
- Le regard des autres, je m'en fous. Mais pas celui de Nathan. C'est complètement dingue de penser que mon choix puisse le perturber juste parce que la société a généré des normes, des stéréotypes… Nous ne faisons de mal à personne !
- Tu sais, le mot *« amour »* est masculin au singulier mais féminin au pluriel. Nous sommes deux femmes, ça tombe bien !
- Tu parles de normes, voilà une règle de grammaire qu'il faut absolument respecter !
- Puisque nous sommes dans les devinettes culturelles. Sais-tu quel était le titre initial proposé par Baudelaire pour *« Les fleurs du mal » ? « Femmes Damnées ou Lesbos »*. L'éditeur n'a pas osé. Il paraît que le lecteur n'était pas encore capable d'accepter. Et aujourd'hui ?

Elle s'approche de moi. Un grand sourire éclaire ses joues traversées d'une larme. Je la prends dans mes bras.
« …Et leurs pieds se cherchent et leurs mains rapprochées
Ont de douces langueurs et des frissons amers. »

Mon épaule chauffe sous sa respiration intense. Elle me presse contre elle et soudain se détache en reniflant.
- Il faut que j'aille border Nathan. Sers-toi une bière dans le frigo.

Le réfrigérateur chromé est désespérément rempli de bières alsaciennes. Pas une seule Duvel. Alors, que j'ai presque la tête dans le bac à légumes, me tordant le cou dans l'espoir de dénicher une rare vraie bière d'abbaye, j'entends un bruit absolument délicieux dans mon dos.
- J'ai du vin aussi.
- Ouf, j'avais peur d'être obligée de boire de la bière alsacienne.
- Saint Julien 85 !
- Saint Julien ! T'es folle Juliette c'est du super vin.
- Mon ex avait de très bons goûts. Et puis il faut bien fêter ça !
- Fêter quoi ?

- Nous ! Enfin, le soulagement que j'éprouve. Tu sais, si j'ai accepté que tu entres chez moi c'est parce que tu comptes pour moi. Alors, merci de ne pas être partie quand j'étais dans la chambre de Nathan.
- J'ai failli partir en voyant le stock de ton frigo !
- J'ai l'impression que tu vas préférer ma cave.
- Il y a un sens caché à cette phrase ?
- Tu ne penses qu'à ça ?
- Franchement ?
- Franchement.
- Franchement, aujourd'hui, j'ai plutôt envie de finir cette soirée tendrement installée sur le canapé, à siroter cette merveille de rouge.
- Une soirée sans ?
- Une soirée sans.
- Et elle va compter parmi les trois ?

Je tourne sept fois ma langue dans ma bouche avant de proposer :
« Elle va compter parmi les sept… »

Printed in Poland
by Amazon Fulfillment
Poland Sp. z o.o., Wrocław

93615048R00118